내 안의 우주목

The World Tree in My Mind

나남출판

김종록

대학과 대학원에서 문학과 철학을 전공했다.
〈주역〉을 비롯한 동양사상에 심취,
명상과 여행을 즐기는 작가는 문학과 역사와
철학을 아우르는 글쓰기를 해오고 있다.
베스트셀러《풍수》,《바이칼》,《장영실은 하늘을 보았다》외
다수의 저작이 있다.

내 안의 우주목
The World Tree in My Mind

2005년 11월 1일 초판 발행
2005년 11월 1일 초판 1쇄

글·그림. . 金鍾祿
발행자. . 趙相浩
디자인. . 이필숙
발행처. . (주)나남출판
주소. . 413-756 경기도 파주시 교하읍
　　　　출판도시 518-4
전화. . (031)955-4600 (代)
FAX. . (031)955-4555
등록. . 제 1-71호(79.5.12)
홈페이지. . www.nanam.net
전자우편. . post@nanam.net

ISBN 89-300-0574-8
ISBN 89-300-0572-1 (세트)
책값은 뒤표지에 있습니다.

내 안의 우주목

The World Tree in My Mind

글·그림 김 종 록

나남출판

_____ 님께

이 우주나무 한 그루를 심어드립니다.

자신의 상처 안에 다른 생명을 키워내고
그 상처에 뿌리내리고 꽃피우며
마침내 열매가 된 이들에게 바친다.

내 안의 우주목

The World Tree in My Mind

차 례

2

상처 안에서 커 가는 생명은 모두가 약초가 된다. 가슴속에 미움만 품지 않는다
면…. 만일 무엇인가를 미워하는 마음으로 자라게 되면 약초가 아니라 독초가 되고
만다. 때로 독초가 약이 되기도 하지만 그야말로 비상약일 뿐이다.

3

너희 아버지는 빛의 산을 닮았고, 내게로 다가와서는 마침내 내가 기대고 쉴 수 있
는 넉넉한 나무 한 그루가 되셨단다. 아들아, 너는 네가 장차 사랑하는 그 사람에게
너의 아버지같이 한 그루의 나무가 되어줄 수 있는 그런 삶을 살아라.

프 롤 로 그

세상은 분명 끝이 있지만 셀 수 없이 많은 나무들이 쉬지 않고
자라나기 때문에 새로운 나무들의 전설은 계속해서 태어난다.
그리고 학문적 의미로건 종교적 의미로건 한 번 영원성을 획득한
나무는 불멸한다. 한 번 순금이 된 존재는 영원한 순금인 것이다.
인생 또한 그렇지 않겠는가.

세상을 누비며 나무들의 전설을 캐고 전하는 노인이 있었다. 나무 철학자라고 불리기도 하는 그는 일생을 나무와 함께 보내왔고, 앞으로도 줄곧 그럴 셈이었다. 그는 나무에 관한 수십만 장의 사진과 그림, 재밌고 다채로운 이야기들이 담긴 파일을 가지고 있었다. 도대체 나무에 관한 것이라면 어느 것도 막힘이 없었다.

"세상에서 제일 키 큰 나무가 뭐죠?"

호주의 유칼립투스Eucalyptus나 캘리포니아의 세쿼이아Sequoia라고만 답해 준다면 철학자가 될 수 없다. 그런 지명이나 나무의 종류 따위는 굳이 철학자가 아니라도 웬만하면 누구나 말해줄 수 있고, 설령 듣고 나서 금방 잊어버려도 상관없다. 그런 걸 기억하다가 오히려 바보 취급 받을 수도 있다. 기록을 깨는 나무들이 언제 어느 미지의 숲으로부터 손을 높이 치켜들고서 우리 앞에 당당하게 걸어 나올지 아무도 모르기 때문이다.

"그 나무를 반으로 쪼개고 그 한쪽 위에서 맨발로 100미터 달리기를 할 수 있다오. 아마 세상에서 가장 기분 좋고 멋진 달리기가 될 거요. 달리고 남은 둥치 부분으로 기다란 사다리를 만드는 겁니다. 달밤에 세레나데를 부른 다음, 높이 5층인 애인의 집 창문에 걸쳐 놓고 올라가지요."

"정말 놀랍네요."

"거기서 끝이라면 싱겁지 않겠소?"

"더 기다랗단 말예요?"

"다시 남은 부분으로 사랑하는 그 사람이 살고 있는 건물을 아름답게 단장할 페인트 롤 막대로 씁니다."

"그 다음에는요?"

"시립 교향악단 지휘봉을 만들겠소."

"멋진 생각이네요. 그리고 이쑤시개를 만드나요?"

"제법이구려. 하지만 틀렸소이다. 우리가 이렇게 얘기하고 있는 이 순간에도 그 나무는 계속 자라고 있기 때문에 좀더 우아한 용도를 생각해 봅시다그려. 세계챔피언 나무를 벌목해서는 안 되니까 어디까지나 상상만 해본다는 조건으로."

나무 철학자의 화법은 대개 이런 식이었다.

멕시코 툴레에 있는 사이프러스Cypress의 둘레는 자그마치 57미터나 된다. 세상에서 가장 몸통이 큰 이 나무를 소개할 때도 나무 철학자는 독특하다. 그가 이야기하는 방식은 겨자의 톡 쏘는 맛 같은데, 그 여운이 깊고 따뜻하며 오래 간다는 미덕을 지녔다.

"언어와 피부색이 제각기 다른 35개 인종의 성인이 한 장소에 모여 강강술래 하는 축제 광경을 상상해 보시구려."

현재 지구상에는 물경 5천 년을 넘보는 나이를 자랑하는 나무도 살고 있지만 이 철학자는 거기에 특별한 의미를 두지 않는다. 어차피 나이테를 지닌 나무는 언젠가는 죽는다는 것이다.

"그래도 5천 년이면 인류문명사를 줄곧 통찰해 온 산증인과 같은 걸요?"

누구라도 이렇게 나오기 마련이다. 그에 대한 노 철학자의 답변은 사뭇 역설적이다.

"개체가 갖는 나이는 집단의 역사에 비하면 점 하나에 불과하다오. 순간을 살더라도 얼마든지 영원성을 확보할 수 있소. 히포크라테스가 그 아래서 의술을 가르쳤던 플라타너스나, 부처가 정각을 얻었던 보리수, 청년 예수가 가시면류관을 쓰고 매달린 십자가는 죽어도 죽지 않고, 썩어도 썩지 않는 영원의 나무들이지요."

커다란 느티나무 아래서 석양빛을 등지고 앉아 이야기하는 노인의 모습은 편안하면서도 거룩하기까지 했다. 아무리 어려운 얘기도 쉽고 재밌게 말하고, 사람들로 하여금 거듭 생각하게 만드는 재주 덕분이었다. 그럴 때, 그 자신이 한 그루의 나무였다. 오래된 향나무나 외발 코끼리 같은 바오바브나무, 버섯구름 같은 용혈수龍血樹의 분신처럼 보이기도 했다.

"나무 위에 왜 새가 날아와 앉는 줄 아오?"

"지친 날개를 쉬려고요."

"그래요. 하지만 더 큰 이유가 있소. 나무는 하늘과 지상을 연결하는 매개자요. 하늘의 말을 지상에 전달하기 위해 새들이 나무 위에 앉는 거요."

세상의 모든 나무가 다 신령하다는 얘기였다.

이윽고 이야기를 마친 노인은 서쪽으로 난 길을 따라 참나무숲 속으로 떠나갔다. 노인은 곧 자취를 감췄다. 듣고 있던 사람들은 모두 그 자리에서 꼼짝도 하지 않고 골똘한 생각에 잠겼다.

세상은 분명 끝이 있지만 셀 수 없이 많은 나무들이 쉬지 않고 자라나기 때문에 새로운 나무들의 전설은 계속해서 태어난다. 그리고 학문적 의미로건 종교적 의미로건 한 번 영원성을 획득한 나무는 불멸한다. 한 번 순금이 된 존재는 영원한 순금인 것이다. 인생 또한 그렇지 않겠는가.

1

사람들의 길이 흘러가는 곳에서 얼마쯤 비켜선 자리에
내 나무가 서 있다. 숨은 듯 보이지만 막상 그 자리에 서 보면
세상의 중심이 된다. 모퉁이가 갖는 상대적이면서도 절대적인
놀라운 공간의 미학과 의미를 본다.

가을날이다.

우윳빛 여명을 헤치며 골목을 나선다. 새벽을 여는 분주한 사람들 틈에 섞여 역으로 향한다. 기다랗고 딱딱한 파충류와도 같은 열차에 몸을 싣노라면 그 산은 벌써 눈앞에 다가와 어른거린다. 짧든 길든 세상의 모든 여행은 이렇듯 가슴을 설레게 하는 법이다.

똑, 또옥—.

출발 직전, 대기의 문을 노크하느라 추억의 기적을 울리며 열차가 가을 속으로 미끄러진다. 회색도시를 벗어난 열차는 황금들판을 가로지르고 쨍그렁 소리가 배어 나올 만큼 맑은 시냇물을 건넌다. 읽지 않은 책장을 넘기듯 켜켜이다가오는 산모퉁이를 감돌아 그 산을 향해 철길을 감아 나간다. 차창 밖으로 달려오는 풍경은 어디나 새뜻하다. 많이 해보지는 않았지만 여행은 역시 움직이는 마술이다.

빛의 산.
그 산은 이 동쪽 나라에서도 맨 처음 해 돋는 곳에 우뚝 서 있다. 사시사철 머리에 흰 구름을 이고 있는 그 산! 높고 영험한 빛을 머금은 그 산은 산 아래 사람들에게 오랫동안 전설이었고 숭배의 대상이었다. 이제 세태가 변하고 그 산을 숭앙하는 사람은 거의 없지만 내게는 여전히 살아있는 전설이며 종교다. 더구나 오래 묵은 소망을 실현하는 오늘은 세상 전부를 가진 것과 다름없다.
거대한 피라미드 형상을 하고 있는 그 산의 자태가 저 멀리 희미하게 보인다. 순간, 가슴이 벅차오르고 맥박이 빨라진다. 봄날에 산 아래로부터 꿈틀꿈틀 산마루로 올라갔던 신록은 어느덧 붉고 노란 비늘 같은 단풍을 달고서 산 아래로 살금살금 내려오고 있다. 산마루에서 자욱한 운해와 함께 여름을 난 푸른 용龍은 바야흐로 불을 살라먹고 인간의 마을을 점령하려 하는 것이다.

유년시절, 내게는 꿈이 하나 있었다.

빛나는 그 무엇이 되고픈 그런 거창한 꿈이 아니라 원하는 때에 그 산에 걸어서 올라가 보는 그런 아주 소박한 꿈이었다. 초등학교 5학년 봄부터 목발을 짚고 다녀야 했던 나는 두 발로 걷고 달리는 것이 세상에서 제일 부러웠다. 나는 무릎관절이 많이 아팠고, 더 이상의 산행이 불가능했다.

"언젠가는 꼬옥 제 힘으로 그 산에 오를래요."

아버지의 등에 업혀서 그 산에 갔다 온 날 밤, 파김치가 된 당신의 다리를 주물러드리면서 다짐한 말이었다.

"얘야, 넌 그렇게 할 수 있을 게다."

아버지와의 약속은 그렇게 성립되었다. 당신과 맨 처음한 약속이었으나 마지막이 돼 버린 쓸쓸한 약속이었다.

그 손이 기억난다. 아버지는 참나무 등걸 같은 손을 내밀어 내 고사리 손을 꼭 그러쥐었다. 그리고는 이내 혼곤한 잠에 빠지셨다. 그야말로 나무토막 같은 잠이었다. 가스레인지 위에서는 두 개의 약탕기가 진한 산의 정기를 뿜어내고 있었다. 하나는 내가 먹는 약이었고, 다른 하나는 어머니의 약이었다. 거기 담긴 약초들은 아버지가 아까 그 산에서 채취해 온 것들이었다.

이처럼 집안 가득 자욱한 약초 냄새를 맡으며 나는 새끼노루처럼 쓰러져 잠에 들곤 했다. 꼭두새벽에 일어나 찬물로 세수하면 머리가 옹달샘 물처럼 맑아졌다. 나는 그처럼 개운한 몸과 총총한 정신으로 집중해서 공부했다. 정신이 흐려지면 눈을 감은 채로 심호흡하면서 빛의 산을 떠올렸고, 세상에서 하나밖에 없는 신비한 나무를 생각했다. 그러면 비밀스런 지혜와 힘이 샘솟았다. 나는 그렇게 공부했다. 내가 그런대로 괜찮은 성적을 유지해 온 비법이다.

그렇게 자그마치 7년의 세월이 흘렀다.

그 사이 어떤 기호학자라도 짧게 말할 수 없는 사연들이 있었고, 내 병은 나았으며, 일찌감치 썩 괜찮은 대학으로부터 입학을 환영한다는 통지서를 받아들었다. 그래서 오늘 이렇게 그 산을 찾기로 한 것이다. 그것도 목발이나 아버지의 등에 의지하지 않고 두 발로 뚜벅뚜벅 걸어서.

목발은 내 소년기의 역사적 유물이 되어 공부방 책상 옆에 가지런히 서 있지만 아버지는 없다. 내 마음 안에 더 깊숙이 살아 계시지만 적어도 손 뻗어 닿을 수 있는 눈앞에는 없다. 살아 계시는 동안 한 번도 뵌 적이 없는 할아버지나, 내 기억의 수첩 맨 첫장에서부터 파리한 모습이었던 어머니처럼 내 눈앞에서 사라져 가고 없다.

그 산의 북쪽 사면에 첫발을 내딛는다. 쩌렁쩌렁한 산의 기운이 발바닥을 통해 척추를 타고 올라와 머릿속까지 전해진다. 이런 느낌은 바위벼랑을 지나 대지의 등뼈 같은 산마루를 향해 오를수록 더 강하게 맛볼 수 있을 게다. 할아버지와 아버지가 산을 좋아하신 까닭이 이래서이리라.

"아, 금관의 나무여!"

나는 그만 초입에서부터 탄성을 내질렀다. 한 무더기 자작나무 군락과 만난 것이다. 파란 가을 하늘을 향해 섬세하고 순수하게 뻗어 올라간 백색 줄기가 눈부셨다. 만지면 백색가루가 묻어 나는 나무 둥치에 햇살이 비치면 나무는 날개를 퍼덕이며 둥둥 떠오른다. 게다가 가지 끝마다 빛나는 황금 이파리들의 살랑댐이라니…. 바라만 보아도 모든 존재의 무게를 덜어 낸다. 금방이라도 무중력 상태가 되어 몸이 붕 떠오를 것 같다. 실제로 그래본 적이 있다.

아이 적에 나는 자작나무를 탔다. 아버지의 든든한 어깨를 딛고 올라서서 껑충 차 오르면 머리가 흰 뭉게구름에 가닿았다. 날개도 없는 내가 하늘을 날 수 있었다. 나는 자작나무 둥치에 사뿐히 내려앉았다. 온몸에 백색가루를 묻혀가며 나무의 중간쯤에 오르면 나무는 자신의 등을 유연하게 활처럼 휘어 주며 다른 나무로 건너가게 해 주었다. 그것은 숲에서의 파도타기와 같았다. 나의 비상과 연동운동은 지칠 줄 모르고 계속되었고, 빼곡한 수직선들의 숲에는 잇단 반원들이 그려지며 기하학 무늬가 연출되었다. 그때 나는 하늘다람쥐였고, 작은 숲 속의 요정이었다.

숲가에서 그 광경을 지켜보던 어머니의 하얗고 동그란 미소가 지금 내 손가락에 걸린다. 가냘픈 얼굴 가득 탄복 반, 우려 반을 뒤섞은 채로 휘휘 허공에 양손을 뻗어서 내 작은 몸을 받아내는 동작을 해 보였다. 나보다 훨씬 먼저 그 놀이를 즐겼던 아버지는 뒷짐 진 자세로 담담하게 바라볼 따름이었다. 그때 당신은 당신 아버지의 어깨를 떠올렸

던 걸까.

　나는 이제 자작나무를 타지 않는다. 아버지의 듬직한 어깨가 없기에 더는 날 수도 없다. 혹시 떨어지기라도 하면 나를 받아내 줄 어머니의 약손이 없기에 더 이상 겁도 없이 흰 구름을 넘볼 수가 없다. 다만 벅차오르는 그 옛날의 감

동을 부여안고 길섶에 서서 숲을 완상한다. 금관의 나무들
은 자그마치 7년 만에 재회한 나를 향해 일제히 손을 흔들
어주었다. 그러면서 "어서 네 나무에게로 가라. 나도 이처
럼 깜짝 반가운데 너의 나무는 어떻겠니?"라며 등을 떠밀
었다.

이것이 숲의 교류방식이었다. 나그네를 반기되 그의 마음을 빼앗아 두거나 동료 숲의 친구를 가로채려 들지 않는다. 동료의 입장을 먼저 생각하고, 자신은 그저 인간의 마을에서 볼 수 있는 흔하디 흔한 표지판과도 같이 충실한 길 안내자이기만을 바랄 뿐이다. 우리가 이정표 없는 산에 오를 때, 특이한 나무를 기억해 뒀다가 현재 자신의 위치나 남은 거리를 겨냥할 수 있는 이유가 죄다 이래서인 것이다.

숲 속으로 감아 올라간 길은 거대한 비밀 문자를 연상케 한다. 반시간 거리의 숲길은 만다라*에 등장하는 장면 같기도 했다가 마음 심心자 같기도 하다. 그러다 바위벼랑과 만나는 가풀막에 이르면 길은 해독 불가능한 상형문자로 변신해 버린다. 대개의 산들이 그렇지만 이 산은 더더욱 그렇다. 그래서 길을 잃고 헤매는 예가 흔하다. 이 산에서 한 번이라도 길을 잃어본 사람들은 말한다.
"그 산은 살아서 꿈틀거린다. 때문에 길들도 순간순간

만다라 우주의 진리를 바퀴살들이 모인 둥근 수레바퀴 모양으로 보고, 그 안팎에 여러 형상을 화려한 색채로 표현한 종교화. 명상이나 예배의 대상으로 삼는다.

변한다. 그 변화에 몸과 마음을 맡기며 길과 하나가 되지 못하고 알량한 제 분별력만 믿다가는 졸지에 청맹과니가 되고 만다. 눈을 빤히 뜨고서도 정작 중요한 것은 아무것도 보지 못하니 길을 잃은 것뿐만이 아니라 자신이 실종된 거나 다름없다."

길을 잃어본 그들의 말처럼 여기서부터는 인간의 언어나 분별력이 단절된다. 오직 숲의 언어, 산령山靈과 소통하는 원시의 대화법이 있을 뿐이다.

모든 풀들과 나무와 벌레와 짐승과 새와 바람과 샘물과 바위와 별들과 천둥과 구름은 산령과 소통하는 법을 알고 있다. 사람들 가운데서도 아주 드물게 그런 대화법을 아는 이들이 있는데 이제는 거의 다 사라져 가고 없다고 한다.

　내 몸의 8할은 이 산으로부터 물려받았다. 나를 키운 것도, 병을 치유한 것도 이 산이다. 하여 나는 굳이 애쓰지 않아도 이 산령과 말할 수 있다.

　석문石門 앞에서 나는 읊조린다.

　산의 자손이 오늘 여기에 왔네

　날개 옷 입은 풀씨처럼 멀리 날아갔다

　그대 그리워 나 이렇게 달려왔네

　홀로 설 수 없었던 지난 세월을

　나 하루같이 오늘 이 순간을 기도했느니

하늘로부터 한 올의 빛줄기가 내려온다. 깎아지른 검은 바위벼랑 틈으로 불규칙한 단층의 길이 열린다. 내게 길을 열어준 산령은 내 무릎을 할머니의 약손으로 쓰다듬는다. 그 따스한 손길에 멀리 내 나무의 숨결이 여울진다. 천 년 동안 제자리를 지키며 살아온 주목朱木의 가슴속에 뿌리내리고 사는 내 나무의 숨결이다. 그 숨결이 나를 요람처럼 감싼다.

온유한 그 숨결을 따라 다시 걸음을 옮긴다. 알 수 없는 곳에서 피어오른 운해가 획획 골을 이룬다. 사람의 마을은 등 뒤에 있고, 더 이상 시간의 개념은 없다. 몽환 속과도 같은 행보다.

세 그루의 주목이 나타났다.

앙상한 나무 둥치는 길을 막고 나란히 서 있어서 흡사 초병哨兵이나 문설주처럼 보인다. 그래서 일찍이 할아버지는 삼주문三柱門이라고 명명했다 한다.

왼쪽 한 그루는 두 아름드리이고, 오른쪽 두 그루는 한 아름드리다. 두 그루는 한 뼘 사이로 바투 서 있다. 길은 왼쪽 나무와 오른쪽 나무들 사이로 나 있다. 어른 한 사람이 지나가면 꽉 차는 넓이다.

삼주문을 통과한다. 나도 모르게 숙연해진다. 통과의례
란 늘 그런 것이다.

"당신은 이제 산이 되었습니다."

나는 드디어 그 산에 온 것이다. 단풍은 짙고 운해의 골
은 더 깊어진다. 어제 와 본 사람처럼 익숙한 동작으로 산
정을 향한다. 키 높은 교목지대가 다하고, 키 작은 관목지
대가 펼쳐지더니 이내 갈대숲이 나온다.

바람― 바람― 바람―

아까보다 더 짙고 무거워진 운해는 속눈썹을 적시고 이
내 옷까지 축축하게 적신다. 그렇다고 비는 아니다. 일기가
좀더 싸늘해지면 곧잘 눈꽃을 피워 내기도 하는 물의 정령
의 미립자들, 산령의 입김 같은 것이다. 머리 위 태양은 달
무리처럼 은은하다. 이런 산정을 멀리서 우러러보면 영험
한 빛을 머금은 산으로 보이는 것이다.

검은 곰이 사는 북쪽나라에서 태양의 집이 있는 남쪽나
라로 힘차게 뻗어 내린 거대한 산의 등뼈에 서면, 사방을
휘돌아보아도 거칠 게 하나 없다. 맑은 날에는 고래떼가 넘
실대는 푸른 동쪽 바다도 보인다. 그런 산정에 원형의 담장

이 올올이 서 있다. 자연석으로 쌓은 곡담이다. 계단을 통해 안으로 들어선다. 네모진 방형 제단이 나타난다. 까마득한 옛날 옛적에 이 땅이 처음 열리면서부터 사람들이 하늘에 제사 지내온 천제단天祭壇이다. 지상의 어느 종파를 가리지 않고 하늘의 신성神性을 아는 종족들은 저 하늘에 기도할 줄 안다. 별조차 보이지 않는 문명의 한가운데 도시에 사는 사람들은 여간해서 하늘기도를 모르지만.

제단 앞.

미사 드리는 사제들처럼 즐비하게 세워진 촛불들이 타오른다. 불은 이 땅에 하늘이 열린 이래로 단 한 번도 꺼지지 않고 타올랐다. 영원한 불이다. 나는 배낭 속에서 알 수 없는 거대한 새의 기름진 흰 뼈와도 같은 초를 꺼내어 신성한 그 불에 또 하나의 불꽃을 보탠다. 내가 떠나더라도 내가 알지 못하는 누군가에 의해 또 다른 불꽃이 보태질 것이다. 제자리에서 영원 속으로 시간을 달리는 불, 영원한 불의 릴레이는 이렇게 이어져나간다. 마치 인간의 역사처럼.

영원의 불꽃 속에서 아버지를 본다. 어머니를 보고, 살아생전 만나 뵙지도 못한 할아버지를 본다. 할아버지의 아버지, 그 아버지의 할아버지, 그 아버지의 처음 할아버지

되시는 시조 할아버지의 모습을 연상한다. 곰과 호랑이와 동굴과 마늘과 쑥, 그리고 커다란 한 그루 빛의 나무여.

그렇다. 이 산에 그 나무, 아니 내 나무가 있었다.

　나는 제단에서 내려와 나만의 비밀 성소로 향한다. 사람들의 길이 흘러가는 곳에서 얼마쯤 비켜선 자리에 내 나무가 서 있다. 숨은 듯 보이지만 막상 그 자리에 서 보면 세상의 중심이 된다. 모퉁이가 갖는 상대적이면서도 절대적인 놀라운 공간의 미학과 의미를 본다.

　"나무야, 나무야, 내 나무야!"

　나는 달려가서 붉은 듯 흰 주목 둥치를 껴안는다. 정확히 말하자면, 이 주목은 아버지의 나무이자 할아버지의 나무였고, 내 나무는 이 나무의 몸속에 있다. 내 머리 하고도 한 뼘 위쯤에 길쭉한 하트 모양의 홈이 깊게 파여 있고, 원시동굴처럼 비어 있는 그 둥치 안에 아홉 가닥의 동아줄 같

은 줄기가 뻗어내려 있다. 내 나무의 손이었다. 홈 속으로부터 꼼지락거리는 작은 손이 나와서 내 몸을 감싼다. 내 눈에서 눈물샘이 터진다. 내 나무의 작은 손이 그 눈물을 닦아준다. 이것이 다시 만난 우리의 인사법이다.

나는 나무를 타고 오른다. 노인의 피부가 그렇듯 천 년을 살아온 나무의 살갗은 매끄럽지가 못하다. 이미 등걸의 겉옷을 다 벗어던졌건만, 마른 비듬이 푸석푸석 떨어진다. 스스로 잔가지를 떨어내고, 전나무의 침엽 같은 이파리마저 생존할 만큼만 달고 사는 이 나무 자체가 신화다. 팔 벌린 가지는 쪼개져서 육질이 드러났고, 이파리들은 빈약하다. 치렁치렁한 흰 수염을 날리는 산신령처럼 화석이 다 된 육질을 드러내고, 붉고 향기로웠던 속살에서는 오래 전부터 미생물들이 분해 작업을 해오고 있었다. 그 결과, 가슴 속에는 세월의 흔적만큼 흙들이 쌓여간다. 자기를 비워 가는 이 나무가 없다면 이 빛의 산이 갖는 전설도 절반쯤은 퇴색된다.

사람들은 이 나무를 두고 '살아서 천 년, 죽어서 천 년'이라고 칭송한다. 세속과 얼마쯤의 거리를 두고 고산지대에서 천 년의 세월을 묵상하며 서 있는 이 나무는 나이를 더할수록 고고한 은자의 모습을 닮아간다. 그렇다. 이 주목은 더 이상 나무가 아니다. 고산지대의 은자인 것이다.

한 길 반가량 높이의 기다란 가지에 올라서면 개미굴이 있다. 유난히 크고 검은 개미들이 이 나무의 수액을 빨며 지낸다. 녀석들은 나의 출현에도 별반 반기는 기색이 없다. 물론 경계 따위도 하지 않는다. 일찍이 그들 조상들이 그랬던 것처럼 내 눈빛을 보고는 첫눈에 적이 될 수 없다는 걸 간파해 버렸다.

나는 다시 나무를 탄다. 개미굴 반대편에는 하늘다람쥐 굴집이 있다. 나는 조심스레 굴속을 들여다본다. 상수리 껍질과 밤 껍질이 널브러진 굴집에는 온기가 없다. 낮동안 다람쥐 가족이 소풍이라도 나간 것일까. 어쩌면 오래 걸리는 먼먼 여행길을 떠났는지도 모른다.

까막딱따구리 집은 맞은 편 구멍에 있다. 주목이 뭉뚝하게 잘린 지점 바로 아래에다 보금자리를 만들었다.

"넌 누구니?"

까막딱따구리 부부가 말했다.

"참별이야."

나는 내 이름을 말해주었다.

"참별이? 혹시 우리 엄마가 말해 주던 그 놀라운 소년? 다리가 둘이었다가 넷이었다가 한다는 그 소년이지?"

딱따구리 부부는 저희들끼리 귓속말을 주고받았다. 지금은 두 다리라는 것이 놀랍다는 듯 반짝이는 눈을 머루처럼 동그랗게 떠 보인다.

"그래, 내가 그 참별이야. 너희들 말처럼 전에 네 개의 다리로 왔던 적이 있지."

"어서 와, 친구야. 다리는 다 나았구나."

그렇게 말한 건 까막딱따구리가 아니라 내 나무였다. 내 나무는 까막딱따구리 집 위에서 붉게 화장한 얼굴로 나를 맞았다. 주렁주렁 매달린 빨간 열매들이 보석처럼 빛났다. 우리는 한참 동안 껴안고 서로를 느꼈다. 긴 침묵을 깨트린 건 나였다.

"나는 약속을 지켰어. 7년이면 제법 오래 묵은 약속이지. 너와 이 산과 내 아버지와의 약속을 지켰어."

나는 투정을 부리듯 읊조렸다. 가슴이 떨리고 눈시울이 붉혀졌다.

"그래, 넌 약속을 지켰어. 이렇게 다시 만나기 전에도 난 네가 건강해졌음을 진작 알았어. 내게 힘이 돌아오면

그것이 바로 너의 힘이잖아. 우린 하나니까. 어디 다리 좀
보자."

나는 바지를 걷어 올려서 맨 무릎을 내밀어 보였다.

내 나무는 자신의 입술을 가져다가 양 무릎에 키스했다.
나는 그러는 내 나무의 머리를 쓰다듬었다. 다시 만난 우리
의 재회의식은 끝날 줄 몰랐다.

이름 : 마가목.

수령 : 99세.

주소 : 빛의 산, 천 년된 주목의 가슴속.

병력 : 7년 전, 공원 관리원의 전기톱날에 의해 아홉 개의
　　　 다리관절 가운데 여섯 개를 잘린 적이 있으나, 나머
　　　 지 세 개의 다리와 주목의 머리 부위 둥치에 새 뿌
　　　 리를 내리고 기적처럼 살아남. 참별이네 가족 삼대
　　　 三代와 변치 않는 우정을 맺어옴.

이것이 내 나무, 내 친구의 신상명세서다.

세상의 그 어떤 달콤한 유혹이나 바이러스처럼 미세한
틈입자라도 우리 둘 사이에 파고들어 우리의 우정을 갈라

놓을 수는 없다. 우리는 그것을 하늘과 땅 사방 천지에 자랑이라도 하듯 오래오래 포옹했다. 머리 위 공중으로 바람이 건너갔고, 홍옥 같은 태양이 서산에 기울었으며, 둥둥 북소리 울리며 달이 떴다. 보석가루를 뿌려놓은 것 같은 별밭을 배경으로 떠오르는 달이었다. 천상의 별들에게 화답하듯 지상에는 무수한 반딧불이가 꼬리에 등불을 켜고 날았다. 어머니 아버지의 얼굴이 겹치는가 싶던 달 속에 할아버지의 신비한 행적이 두루마리 그림처럼 펼쳐진다.

2

상처 안에서 커 가는 생명은 모두가 약초가 된다.

가슴속에 미움만 품지 않는다면….

만일 무엇인가를 미워하는 마음으로 자라게 되면 약초가

아니라 독초가 되고 만다.

때로 독초가 약이 되기도 하지만 그야말로 비상약일 뿐이다.

사람들이 생각하는 것보다 좀더 오랜 옛날.

바람 골짜기 너와집에 한 아이가 태어났다. 야산에 화전
火田을 일구어 조나 감자를 심어 먹고, 덫을 놓아 짐승을 사
냥해서 살아가는 집이었다.

화전민 부부는 아이를 상수리나무처럼 튼튼하게 길렀
다. 부부는 아들을 사냥꾼으로 만들 요량이었다. 아들이 청
년이 되자, 어렵게 돈을 모아서 화승총을 사다 주었다. 하
늘의 우레를 쇠 대롱 안에 가둬 두었다가 필요할 때마다 꺼
내 쓰는 무기였다. 천둥소리와 함께 번개가 치고 낙뢰가 동
반되었다. 집채만한 짐승들도 두어 방이면 나가 떨어졌다.

"사람만 빼놓고 무엇이건 죄다 잡아라."

"와— 신난다! 두고 보세요. 곰이나 호랑이도 잡을 테요."

우쭐해진 아들은 야무진 입매로 씩씩하게 말했다.

"다만 이것 한 가지는 유념해라. 새끼를 뱄거나 어린 젖먹이가 딸린 짐승에게 불을 먹여서는 안 된다."

무지한 화전민이었지만 어린 생명을 아낄 줄은 알았다. 그것은 두꺼운 책이나 어른들의 잔소리를 통해서가 아니라 오랫동안 산 속에서 살아오면서 자연스레 체득한 불문율이었다. 씨감자를 바로 삶아먹지 않고 땅에 심었다가 수십 배로 키워서 먹는 일과 같았다. 자기 소유의 땅에서나 주인 없는 산하에서나, 발 없는 농작물이나 발 빠른 산짐승이나 경우가 크게 다르지 않았다. 꼭 내것이라고 정해진 것만을 아끼고 키워낸다면 세상은 너무 메마르다. 누구에게나 예상치 못한 작은 행운쯤은 언제 어디서건 거둘 수 있어야 한다. 그것을 자연이라고 부른다.

여느 때 아들은 화전 농사를 지었다. 그러다가 평지보다 빨리 찾아오는 가을 소슬바람이 불면 총을 메고 사냥을 나섰다.

청년의 사냥 솜씨는 형편없었다. 의욕이 앞서다보니 총알보다 마음이 더 바빴다. 화전민 부부는 말없이 지켜보았다. 뭐라고 잔소리를 한다거나 훈수를 두는 것보다 세월이 더 약이었다. 밭두렁의 종달새 새끼도 처음에는 뒤뚱뒤뚱 푸덕거렸다. 그러다가 한 자를 날고 다음날 두 자를 날다가 이윽고 우아하게 공중을 누볐다.

청년이 그랬다.

처음 얼마 동안은 아까운 실탄만 허공에 쏘아 붓더니 차차 달아나는 짐승과 날아가는 새의 몸통에 근접해 갔다. 그리고 털이 하얀 산양을 잡았다. 바위 위에 서 있던 산양은 한 방의 총성으로 맥없이 거꾸러졌다. 총을 겨누는데도 온순하게 응시하던 산양의 눈빛이라니. 그처럼 천진스런 눈빛을 오래 기억했다가는 사냥꾼이 될 수 없었다. 청년은 아무렇지 않게 기억에서 지워버렸고, 드디어 바람을 몰고 다닌다는 커다란 호랑이까지 잡았다. 이로써 당당한 사냥꾼이 된 셈이다.

"젖이 많이 불어있구나. 아직 새끼가 있었던 게야."

값비싼 가죽을 벗기기 전에 청년의 아버지가 이맛살을 찌푸렸다.

"설마요. 이 가을에 젖먹이 새끼라니요."

청년은 애써 부인했다. 하지만 죽어 나자빠진 호랑이의

젖을 보고선 입이 붙어버렸다. 누가 봐도 어린 새끼가 딸린 어미였다.

"호랑이는 영물인데 새끼까지 죽이게 된다면…."

청년의 부모는 꺼림칙해 했다. 동굴에 새끼들을 놔두고 먹이 사냥을 나왔다가 변을 당했다고 짐작했다. 그렇다면 새끼들은 굶어죽을 수밖에 없었다. 수컷 호랑이가 사냥을 하더라도 암컷을 대신해서 젖을 물려줄 수는 없는 것이다.

우려는 현실로 나타났다.

사흘 뒤 새벽.

너와집 툇마루 위에 두 마리의 아기 호랑이가 목이 물려 죽은 채로 버려져 있었다. 간밤에 귀신도 모르게 벌어진 일이었다.

"맙소사. 산군山君이 노했구나."

청년의 부모는 새파랗게 질려서 손을 싹싹 빌었다. 너덜 경 돌무덤에 아기 호랑이를 묻어주고 제사까지 지냈다. 젖을 조르는 제새끼들을 두고 보다 못해 물어 죽이고, 그 시신을 툇마루에 던져 놓는 수컷 호랑이의 심정이 어땠을까. 눈에 보이는 것이 없을 터였다.

그날 밤, 세 식구는 문을 굳게 걸어 잠그고 숨소리조차 죽였다. 코클*에 관솔불도 켜지 않은 채로였다.

아니나 다를까.

크어엉— 크어엉—

울 밖에서 수컷 호랑이가 산천이 떠나가라고 울부짖었다. 이웃한 집도 없는 깊은 산골의 독가촌獨家村이었다. 세 식구는 어스름한 밤의 냉기가 스며드는 문 쪽으로 시선을 고정한 채 덜

코클
화전민촌의 조명기구로 방 안벽 모서리 1미터 높이쯤에 설치한다. 거인의 코처럼 앞으로 튀어나오고 벽을 따라 천장 위까지 굴뚝을 만든다. 주로 관솔을 밝혀서 난방을 겸한다.

덜덜 떨었다. 호랑이의 울부짖음은 점점 더 거세졌다. 금시라도 방문을 부수고 덮쳐올 기세였다.

"불을 밝히는 게 낫겠구나."

아버지가 부싯돌을 쳐서 코클에 불을 넣었다. 사나운 맹수라도 불은 무서워하는 법이었다. 그런데 여전히 울부짖었다.

"안 되겠어요. 총으로 마저 잡아야겠어요."

청년은 더 견딜 수 없어서 총을 끌어다 움켜잡았다.

크아앙— 크아앙—

이번에는 뒷문 밖에서 울렸다. 기미를 알아챈 호랑이가 어둠 속에서 자리를 바꾼 것이다. 그야말로 동에 번쩍, 서에 번쩍이었다.

"안 된다, 애야. 이 칠흑 같은 밤에 밖에 나가면 네가 당하고 만다. 어둠 속의 비호飛虎를 무슨 수로 겨누느냐? 너는 저이를 못 보지만 저이는 너를 꿰뚫어 본다."

청년의 아버지가 호랑이를 사람인 양 호칭하며 말렸다. 반쯤 넋이 나가서 목소리가 모기소리로 들렸다. 어머니는 벌써 혼절한 상태였다. 청년 역시 오금이 저렸다. 나가서 쏴 보라고 등을 떠밀어줘도 그러기는커녕 바지에 똥을 퍼지를 판이었다. 그만큼 쩌렁쩌렁한 호랑이의 포효는 혼을 빼놓기에 충분했다.

어떻게 그 기나긴 가을밤이 밝았던 걸까.

먼동이 트면서 호랑이의 울음소리가 그쳤다. 살얼음을 밟듯 조심조심 밖으로 나왔다. 총을 든 아들이 사방을 경계했다. 호랑이는 없었다. 그런데 높다란 통나무 닭장이 박살나 있고 다섯 마리의 닭들이 갈기갈기 찢겨져 있었다. 한입도 베어 먹은 흔적이 없었다. 소름이 끼쳤다.

닭들은 왜 아무 소리도 내지 못했던 걸까. 천지를 울리는 포효소리에 그만 꼬꼬꼭 혀가 굳어버린 모양이었다. 여느 때 같았으면 아침밥을 짓느라 굴뚝에 청솔가지 연기도 피워 올랐을 터이지만 이 집에서의 마지막 아침을 밥도 지어먹지 못하고 간단한 세간을 꾸려서 줄행랑을 쳤다. 바람골짜기의 너와집은 그렇게 빈집이 되었다.

이 산 저 산 꽃이 피니 분명코 봄이로구나.
봄은 찾아왔건만 세상사 쓸쓸하더라.
나도 어제 청춘일러니 오늘 백발 한심하구나.
내 청춘도 날 버리고 속절없이 가버렸으니
왔다 갈 줄 아는 봄을 반겨한들 쓸데 있나.

　유장한 곡조가 산령을 넘는다. 구성지고 통랑한 목소리
에는 한마디로 평할 수 없는 미묘한 기운이 서려 있었다.
그것은 오래도록 남모르는 가슴앓이를 해온 사람만이 토
해 놓을 수 있는 내면의 소리로되, 생채기를 발효시켜서 비
린내를 없앤 단백질 같은, 그리하여 생을 음미할 줄 아는

사람이면 누구든 즐거이 맛볼 수 있는 자연의 소리였다. 사람의 목청을 빌렸으되 해와 달과 별들이 내는 소리였고, 꽃이 문 여는 소리였고, 바람소리였으며 폭포소리였고 새소리였다.

키가 헌칠한 가객歌客은 베옷에 삿갓을 쓰고 손에는 지팡이를 들었다. 등에는 주루막을 멨는데 그것은 삼실로 엮은 망태의 일종이었다. 대추씨처럼 길쭉한 얼굴에는 언제나 잔잔한 미소가 흐른다. 검고 윤기 나는 수염이 행장과 잘 어울린다.

소리꾼인가, 방랑자인가, 아니면 약초꾼인가.

유장하게 노래할 때는 영락없는 소리꾼이었고, 성큼성큼 길을 걸을 때는 방랑자였으며, 곡괭이나 쇠꼬챙이로 천마나 복령, 천남성, 산삼 따위를 캘 때는 약초꾼이었다. 하나이면서 그 모든 것이었고, 전체이면서 하나였다. 그것은 마치 휘영청 밝은 보름달이 옹달샘에도 비치고 호수에도 비치고 천 개의 강물과 바다에도 비치는 것과 흡사했다.

그의 나이 역시 그랬다. 겉모습만 봐서는 종잡을 수 없었다.

바람처럼 산을 쏘댈 때는 젊은이였고, 바위고개나 나무

등걸 위에 우두커니 걸터앉아서 피안의 세계를 응시할 때는 늙은이였으며, 계곡에서 몸을 씻을 때는 중년사내였다. 이 역시 한 사람이면서 전 세대의 형상을 공유했고, 전 세대를 공유하면서도 한 사람이었다. 한 사람이 세대를 넘나드는 다채로운 삶의 편린을 한순간에 지닌다는 것, 그것이 인생이었다.

남녘의 늦여름 산자락엔 짙은 녹음이 강한 향기를 뿜어낸다.

노래 소리가 그치고 또르르— 또르르— 방울새소리만 들려온다. 녹색 쌍떡잎 덩굴 사이로 흰 꽃이 만발해 있다. 흡사 안개꽃을 닮았다. 사내는 그 앞에서 주루막을 벗어 내려놓고 지팡이를 돌린다. 손잡이 부위만 남기고 지팡이가 빠진다. 그 속에서 기다란 쇠꼬챙이가 나온다.

그는 쇠꼬챙이로 덩굴 아래 흙을 파나가기 시작했다. 돌부리가 걸리자, 주루막에서 곡괭이를 꺼내 제거하고는 흙 파기를 계속한다.

안면 가득 희열이 번진다. 아이의 머리 만한 뿌리덩이가 깊은 잠에서 깨어나 기지개를 켜고 일어섰다. 자그마치 백여 년의 세월 동안 산의 정기를 흡수하며 몸을 부풀렸다.

신비한 약성은 거기서 생겼다. 검붉은 뿌리는 고구마를 닮았다. 하수오何首烏였다. 쭈그렁 노인이 이것을 먹으면 흰머리가 검어지면서 팽팽한 젊음을 되찾는다고 한다. 때문에 부르는 게 값이다.

흙을 털고 주루막에 담는다. 시장기가 돈다. 허리춤에서 손때가 묻은 회중시계를 꺼내보니 정오를 지나 한 시가 다 돼간다.

물소리를 따라 계곡으로 향한다. 청태靑苔가 다복하게 낀 바위틈으로 작은 폭포가 장쾌하게 부서진다. 튀어 오른 물방울이 햇살에 반사되어 진주처럼 빛난다. 폭포 아래 그늘진 물웅덩이에 발을 담그고 앉자, 뼛속까지 시원하다.

손으로 계류를 떠서 목을 축인 다음 산나물을 씻고, 억센 손톱으로 더덕과 잔대 껍질을 벗겨내 반석 위에 올려놓는다. 향내가 진동한다. 가벼운 오동나무 상자로 대신한 도시락을 열자, 호박잎에 싼 주먹밥이 나온다. 주먹밥을 반으로 쪼개면 된장 한 보시기와 고추장 한 보시기가 태극 문양처럼 엉겨붙어 있다.

"고시레 —."

된장 묻힌 밥을 조금 떼어 멀리 던진다. 조상이건 산령이건 짐승이건 그들에게 먼저 먹게 하기 위함이었다. 깊은 산 속에서 음식냄새를 맡고 오는 무언가를 경계하는 의미도 있었다.

꿀맛 같은 점심을 들고 있는, 노래하는 떠돌이 약초꾼.

젊지만 노장처럼 달관한 중년사내는 산맥을 따라 오르내리며 살았다. 남녘으로부터 벚꽃이 피어 올라왔다가 북녘으로부터 단풍이 지며 내려오듯 그렇게 산과 호흡하며 살았다. 자신만이 아는 약초 골짜기를 찾아 채집하는 즐거움은 정착생활에서 갖춰야 하는 중요한 몇 가지마저 잊게 하기에 충분했다. 집이나 마누라, 쌀 단지, 장독 따위 등 너저분한 세간들이었다.

잠자리는 주로 친구들 집에서 해결했다. 약초꾼들의 집이나 한약방 사랑채에서 묵을 수도, 먹을 수도 있었다. 불룩한 그의 주루막에 최상품의 탐스런 야생 약초가 있는 한, 어디서나 환영받는 귀빈이었다.

약초는 노래하는 떠돌이 약초꾼의 밥줄이었다. 산야를 누비는 희망이었고, 세상과 교통하는 매파였다. 발부리에 걸리는 게 온통 산뿐인 이 산국山國에 약초꾼이 어디 그만이

라. 큰 산 골골마다 흰옷이 눈에 띄면 거의가 나무꾼 아니면 약초꾼들이었다. 하지만 그들 가운데서도 사내의 약초는 단연 으뜸이었다. 어느 때 아무 산골짜기에 가면 어떤 약초가 있다는 걸 훤히 꿰고 있는 그는 최고의 약초가 아니면 아예 손을 대지도 않았다.

"자네 물건은 신이 내린 선물일세."

언제고 사내의 주루막을 가장 먼저 펼쳐보기를 원하는 '체질대로 한약방' 뚱보 의원영감의 찬사였다.

"모든 약초가 다 신의 선물이지요."

기린처럼 기다랗고 호리호리한 약초꾼 사내는 겸손했다.

"그 중에서도 자네 약초가 백미지. 비법이 뭔가?"

"기다림입니다."

"기다림?"

의외의 대답이었다. 의원영감은 고개를 갸우뚱해 보인다.

"눈에 띈다고 즉시 캐버리면 최상품을 얻을 수 없지요. 산의 정기를 흠뻑 먹을 때까지 기다렸다가 취하는 겁니다."

"그러다가 다른 약초꾼에게 빼앗기면 어쩌누?"

"그야 하늘의 뜻이지요. 물각유주物各有主라고 천지간에 물건마다 주인이 따로 있습죠."

"태평하군. 설령 다른 약초꾼들이 캐 가지 않더라도 그 넓은 산야에서 무슨 약초가 어디에 자라고 있다는 걸 어떻게 다 기억하지? 꼬박꼬박 적어두는 수첩도 없던데 말일세."

당연한 의문이었다.

"지도랍니다."

"지도? 그런 게 어디 있나?"

의원영감이 약초꾼 사내의 홀쭉해진 주루막을 살폈다. 사내는 말없이 양손을 들어올리더니 자신의 가슴과 머리를 짚어보였다.

경험과 기억의 지도.

그 지도를 넓혀 가는 것이 경륜이었다. 누구나 지니고 있는 그 지도를 정확히 작성하고 능숙하게 일하는 이를 전문가라고 부른다. 반면에 빈약한 경험과 부실한 기억으로 큰일을 도모하는 이를 얼치기라고 한다. 풍부한 경험과 정확한 기억의 지도, 게다가 세월을 기다리는 지혜까지 겸비

했으니 이 약초꾼은 고수 가운데 고수였다.

"자네답네. 이래서 최고의 값을 받을 자격이 있어."

이 산국에서 제일 큰 도시에서도 명성이 높은 의원이었다. 뚱보 의원영감에게는 최상품의 약재를 알아보는 눈이 있었고, 최고가로 매입할 배짱도 있었다. 몸에 좋다면 단한 번도 인색하게 굴지 않는 세도가 고객들의 두둑한 주머니를 믿기 때문이었다. 그들은 어디가 아프기 전에 미리 좋은 약재로 몸을 돌보았다. 어려운 사람들이 병이 깊어진 후에야 의원을 찾는 것과는 딴판이었다.

문제는 이 순금 같은 사내가 좀처럼 나타나지 않는다는 데에 있었다. 코빼기를 비치는 게 계절에 한두 번이 고작이었다. 의원영감은 애가 탔다. 달포에 한 변만이라도 사내의 주루막을 통째로 차지하고 싶었다.

벌써 몇 달째, 꿩 구워 먹은 소식이었다. 뚱보 의원영감은 망건을 감싸며 고민에 빠졌다.

'역시 집이야. 집과 여자가 있어야 그 떠돌이를 붙잡아 둘 수가 있다고!'

영감은 눈알을 굴리며 무릎을 쳤다.

같은 시각.

산을 내려온 노래하는 떠돌이 약초꾼은 어느 장터 안 주막에서 뚝배기와 막걸리로 요기를 하고 있었다. 때마침 평상에 앉은 사람들이 시국담을 나눴다.

"바다 건너 고양이 나라 이방인들이 우리 산 나라의 영토를 넘본다네. 얼토당토않은 늑약을 조약이라고 우기고, 굴레를 씌워서 점령하려 한다는구먼."

식자가 있어 보이는 중늙은이가 장죽을 물며 운을 뗐다.

"그게 어디 어제오늘의 일이오? 누가 뭘 하건 우리 무지렁이들은 그저 배만 부르면 그만이지."

응달 시누대마냥 깡마른 사내가 시큰둥하게 응수했다.

"젬병! 처자식을 둔 처지에 강 건너 불구경할 텐가?"

광대뼈가 툭 튀어나온 사내가 막사발에 가득 채운 술을 벌컥벌컥 소리 내 비우며 성화를 댔다.

"그럼 자네가 의병이라도 나가보지 그러나?"

깡마른 사내가 되받아친다.

"나가게 생겼으면 나가야지!"

그때 옆자리에서 장사꾼 하나가 나섰다.

"꿩 잡는 게 매고, 배고파도 덥석 못 먹어치우는 게 고슴

도치요."

"그야 그렇소만…."

한 술상을 나누는 벗끼리 서로 낯을 붉히던 사내들이 장사꾼을 주시했다. 무슨 묘책이라도 있소이까, 하고 묻는 표정들이었다.

"여기에 작지만 꾀 많은 쥐 한 마리가 있다고 칩시다. 고양이가 자신을 넘보는데 가까이에 개가 있지 않겠소. 그뿐만 아니라 호랑이와 코끼리도 있지 뭐요."

장사꾼은 소반 위의 반찬그릇 다섯 개를 예로 들었다.

"에이, 이 양반아! 비싼 밥 먹고 사흘 굶은 사람이나 뇌까리는 헛소리 좀 그만 하쇼. 그런 말도 안 되는 상황이 어디 있겠소?"

깡마른 사내가 침을 튀겼다.

"말도 안 되는 상황이 지금 이 나라 안팎에서 벌어지고 있잖소?"

장사꾼은 답답하다는 기색이었다.

"그건 그렇구려. 사방에 이 산국을 노리는 탐욕스런 나라들뿐이니까 말이오."

평상 모서리에 장죽을 탁탁 쳐서 재를 떨며 중늙은이가

초를 쳤다. 그에 힘입어 장사꾼의 기세가 한껏 높아진다.

"… 그 틈바구니에서 힘없는 쥐가 살 수 있는 길이 있소이다. 천적관계를 이용하는 거지요. 쥐는 자신을 잡아먹으려는 고양이를 꼼짝 못하게 붙들어 두기 위해 개를 둡니다. 개가 고양이를 어쩌지 못하게끔 호랑이를 불러오고, 다시 코끼리를 끌어들입니다. 코끼리는 쥐를 무서워하니까요. 이것이 오수부동격五獸不動格이라는 것이오. 다섯 마리 짐승이 서로 견제하느라 함부로 움직일 수 없는 것이지요."

"묘하구려."

좌중이 입을 모아 합창했다. 장사꾼은 우쭐해 했다. 그의 말대로라면 무슨 수로든 외세를 적극적으로 끌어들여야 했다. 뿐더러 호랑이나 코끼리처럼 큰 나라의 힘도 마음대로 조정할 수 있어야 했다. 유감스럽게도 쥐에게는 그런 능력이 없었다.

세상사에는 몸으로 해야 할 일과 혀로 해야 할 일이 있었다. 지금 장사꾼은 피와 땀으로 해야 할 일을 세 치 혀끝으로 대신하고 있었다. 그 사이 조용한 산국은 고양이 나라의 밥이 되어갔다.

노래하는 떠돌이 약초꾼의 고민이 시작되었다. 밤이 되

어 주막집 봉놋방에 누워서도 온통 그 생각뿐이었다. 아까 평상 위에서 의병으로 나가겠다던 사내의 불거진 광대뼈가 천장에 호롱불 그림자가 되어 어른거렸다. 사람이란 모름 지기 몸을 떨쳐 일어서야 할 때는 일어서야 하는 법이다. 그렇게 살아 있음을 증명해 보여야 하는 것이다.

내가 왜 이런담.

내가 지금 무슨 충동에 사로잡힌 건가.

크아앙― 크아앙―

까마득한 기억의 저편으로부터 호랑이의 포효소리가 걸어 나왔다. 그는 머리를 움켜잡고 뒹굴었다.

호랑이 사건은 청년의 삶을 바꿨다. 바람 골짜기를 탈출 해서 다다른 곳이 산과 먼 평야지대였다. 이 산국에서 으뜸 가는 평야지대에 정착해 농부가 된 것이다. 지평선이 보이 는 그 넓은 들녘이건만 송곳 하나 꽂을 자신들의 땅이 없었 다. 그래서 가난한 소작농이 되었다. 바람 골짜기와 멀어지 기 위한 불가피한 선택이었다. 호랑이의 포효소리가 따라 오지 못하는 곳에서 어두운 기억을 우려내고 싶었다.

농사는 생명을 돌보는 일이었다. 땅을 일구고, 씨 뿌리 고, 김매며 수확하는 동안 마음 안의 거스러미가 떨어져나가고 윤기가 돌았다. 환부 없는 상처를 치유하는 데는 세월처럼 좋은 약도 없었다.

기억은 변덕을 부린다. 젊은 날의 기억은 더 그렇다. 어두운 기억 저편에 쌍무지개가 떠서 두 손을 흔들었다. 남루한 살림살이 때문에 자식을 장가들이지 못하는 걸 아쉬워하던 부모가 차례로 청산에 눕자, 그는 산골 무지개를 찾아나섰다. 그 옛날, 바람 골짜기 생활이 그리워졌던 것이다. 수컷 호랑이 염려는 하지 않아도 되었다. 벌써 십수 년이나 흘렀고, 사냥꾼들의 남획으로 씨가 말라간다는 풍문이 돌았다.

바람 골짜기 고향집은 한쪽 귀퉁이가 떨어져 나간 흉가로 변해 있었다. 화가 머리꼭지까지 치민 수컷 호랑이가 덥석 베어 물어뜯어먹은 모양이었다. 그 다음에는 호랑이의 절친한 친구인 억센 바람이 짬만 나면 핥아먹었을 터였다.

고향 너와집은 그대로 바람에게 맡겨두기로 했다. 대신 바람이 전해오는 향기를 따라 깊은 산 속으로 빨려 들어갔다. 약초꾼으로 거듭난 것이었다.

이 산국은 7할이 산이었다.

다른 나라의 산들과 달리 이 나라의 산들은 수려한 능선과 올망졸망한 지류로 다채로운 형국을 빚어냈다. 선녀가 베를 짜는 터, 매화꽃이 떨어져 그 향기가 피어나는 터, 황금 닭이 알을 품는 터, 목마른 용이 물 마시는 터, 심지어는 글자 모양처럼 생긴 터도 있었다.

그런 산에서는 등반이라는 용어를 쓰지 않는다. 정복자의 냄새가 풍기는 그런 위태로운 말은 어울리지가 않는다. 그저 선녀와 매화, 황금 닭과 용, 글자와 함께 노니는 것이다. 그래서 유산遊山이라고 한다. 산놀이인 셈이다.

산을 바위와 흙과 나무와 풀들의 엉김으로만 본다면 산

이 지닌 숱한 비밀들을 풀어낼 수 없다. 산에 들어가 보면 사람은 밑천을 드러낸다. 등산가는 주로 코스를 말한다. 과학자는 암석의 재질을, 사업가는 산림자원을 말한다. 반면에 예술가는 산의 웅장하면서도 변화무쌍할 수 있는 덕성을 찬미한다. 그리고 종교가는 보이지도 않는 영성을 체험하고자 기도한다.

이 산국 사람들은 가슴마다 비원을 담아서 산에 빌었다. 그 때문일까. 이 산국에서 나는 약초는 세상의 모든 약초 가운데 으뜸이라는 말이 전해왔다. 사계절이 뚜렷한 기후나 토질 등도 그 이유가 된다고 했다.

"소가 먹는 풀들은 사람도 먹을 수 있단다."

유년시절부터 들어온 말이었다. 딱히 아버지의 말씀이랄 수도 없었다. 당신 또한 웃어른들에게 들었을 터였다.

그 말씀은 산의 정기를 머금은 비밀스런 것들을 얻는 데 매우 중요한 산지식이 된다. 거기에 쑥과 마늘이 보태진다. 산국의 건국신화에도 등장하는 그 두 가지는 기본이 되는 약초였다. 오미자, 산수유, 구기자, 차조기, 환삼덩굴, 삽주, 오이풀, 당귀, 만병초 등 나머지 것들도 산을 쏘대고 장터를 들락거리다 보면 차차 알게 되었다. 약초도감을 보지 않

아도 산행 경험만 쌓이면 충분했다. 귀한 약초를 얻는 것은
세상의 그 어떤 즐거움보다 컸다.

약초에 정을 붙인 이래, 오랫동안 세상사에 관여하지 않고 살아왔다. 울타리 없는 산야를 떠돌며 노래하고 약초를 캤을 따름이었다. 간간이 동료 약초꾼들이나 한약방, 주막 등에서 시절 돌아가는 이야기를 듣곤 했지만 그대로 흘려보낼 줄만 알았지 여간해서 속내에 담아두는 법이 없었다.

그런데, 그런데 이번 경우는 달랐다. 나라가 위태로웠고, 의로운 총소리가 그를 불렀다. 총이 뭔지도 모르고 살던 농부들도 그 총소리를 따라 모여들었다. 썩어도 준치라던가. 안 잡아서 그렇지 이제라도 총을 잡는다면 일등 사수였다. 그 총으로 이번에는 고양이 나라 사람들을 쏴야 하는 것인가. 짐승이 아닌 사람을 쏴야 하는 것인가. 아무리 침

락자라고 해도 사람은 짐승에 비할 바가 아니었다.

괴로웠다. 이럴 수도 저럴 수도 없었다. 그야말로 갈팡질팡했다. 약초 캘 의욕이 사라졌다. 나라가 망하는데 의병으로 뛰쳐나가기는커녕 누구를 살리자고 한가롭게 약초를 캐고 있는가. 스스로가 한심했다.

오랫동안 하릴없이 보냈다. 노래도 부르지 않았고, 약초도 캐지 않았다. 무작정 술을 퍼마셨다. 그러다가 돈이 떨어졌고, 다시 찾아든 곳이 '체질대로 한약방' 이었다.

산국 제일 큰 도시 '체질대로 한약방' 뚱보 영감은 죽은 조상이 살아 돌아온 것처럼 반갑게 맞아들였다.

"그래서 이런 난세에는 보듬고 자는 예쁜 마누라쟁이가 있어야 하는 게야."

이제나 저제나 하다가 기린 목이 다 되게 해놓고서야 나타난 약초꾼 앞에 뚱보 의원영감은 대뜸 감초 같은 말로 추기고 나온다.

"이런 시국에 마누라라니요."

"이런 어수선할 때일수록 시절을 잊고 사는 재미거리를 만들어야 함세."

같은 위기를 대하는 방식이 이렇게 서로 달랐다. 누구는 고뇌하는데, 누구는 험한 시절을 잊고 사는 법을 수완 좋게 터득한다.

짧지 않은 기간 동안 방랑하느라 몸이 상한 약초꾼은 어떤 식으로든 쉬고 싶었다. 못이기는 체하고 처분을 기다렸다.

"누가 시집오려고 하겠어요?"

형편이 허락한다면 사양하지 않겠다는 뜻이었다. 예전과 사뭇 달라진 반응이었다. 전에도 몇 번인가 이런 제안을 하면, 강물이 제 마누라라느니, 도톰한 산이 그러느니, 부드러운 바람이 그러느니, 풍만한 보름달이 어쩌고저쩌고하면서 지청구를 늘어 놓았었다. 이제 그전 사람이 아니었다. 노회한 영감은 기회를 놓칠세라 이참에 단단히 쐐기를 박았다.

"내게 참한 조카딸이 있다네. 마침 형님 내외가 돌아가시고 외톨이가 되었기에 내가 보살피기로 했네. 지금 별채에 묵고 있으니 한 번 볼 텐가?"

"그, 글쎄요. 그게….."

"살림집 걱정은 말게나. 내 별채에서 살림을 내도 좋으이."

파격적인 선심이었다.

갖다 바칠 약초가 얼마나 돼야 할까마는 그것을 생각할 겨를이 없었다. 만나보니 자색이 빼어난 젊은 처자였고, 혼례도 치를 것 없이 송구스럽게 살림을 차렸다. 밀월은 약초보다 황홀한 맛이라는 사실을 체험하고 놀랐다. 남의 집에서 대가 없이 놀고먹는 염치는 상상조차 못했건만 토실토실한 각시가 있음에 뻔뻔해질 수 있었다. 그런 몰염치가 자신의 내면에 도사리고 있었다는 사실 또한 놀라웠다.

"여보게, 조카사위! 밤낮 마누라 엉덩이만 두드리면 쌀이 나오나, 밥이 나오나? 필시 머잖아 자식새끼도 생길 텐데 한 살이라도 더 젊어서 부지런히 돈을 벌어야지. 심산약초가 자네 손길 기다리다가 애간장이 다 녹아내리겠네 그려."

뚱보 의원영감, 아니 처숙이 뒷일 걱정을 해주었다. 약초의 애간장이 녹는 게 아니라 처숙의 애간장이 녹겠지만, 정신이 번쩍 들었다. 나이 사십이 넘도록 모아 놓은 돈 한 푼이 없었다. 값비싼 약재로 큰돈을 만져도 어찌된 것이 줄줄 새버렸다. 삼실로 엮은 주루막에 빈틈이 많아서 그런 모양이었다. 주막에서 동료들 밥값은 물론이고 딱한 처지를 보면 차마 고개 돌리지 못하는 성정이었음에 돈이 괴춤에 쌓일 여가가 없었다.

이제부터라도 모아 보자. 중년에 대운이 터져서 꽃보다 아름다운 각시를 얻었는데 여봐란듯이 살아야지.

다행히 신접살림 차린 방안에는 패물함이 있었다. 돈이 술술 새 나가는 엉성한 주루막과 달리 자물쇠까지 채워진 단단한 칠기였다.

이별은 아팠다. 곱고 사랑스런 젊은 각시를 두고 거친 산야로 나서는 일이 즐거울 수는 없었다. 서둘러도 보름은 넘겨야 돌아올 수 있을 터였다. 꿈 같은 밀월기가 끝나고 다시 산으로 돌아가는 발걸음이 비에 젖은 바위처럼 무거웠다. 그러나 속정을 깊이 나눈 남녀가 짧지 않은 이별 뒤에 다시 맞을 만남은 얼마나 더 가슴 떨리게 정다울 것인가. 홀로 걷는 길 위에서도 뜨거운 것이 불끈 달아올라서 멋쩍었다.

남녀가 만나 꾸린 가정은 물레방아와도 같은 동력을 지녔다. 지치지 않고 일하게 만들고 신바람 나게 한다.

"자네 노래 소리가 전과 좀 다르네."

잊을 만하면 산에서 마주치는 동료들의 촌평이었다.

"그 목에서 나오는 그 소린데 뭐가 다를꼬?"

짐짓 딴청을 피운다.

"목울대에 참기름을 발랐는가, 아님 석청이라도 따먹었던가? 매끄럽고 달콤하게 안기는 것이 청솔바람 같던 예전 소리와는 또 다른 맛일세."

눈치 한 번 빨랐다. 어지러운 훤소喧騷가 그림자처럼 붙어 다니는 세상과 한 걸음 떨어져 사는 사람들이라 귀가 섬세했다.

"그런 일이 있나보네."

마치 남의 얘기처럼 벌로 받아넘기고 부지런히 약초를 캔다. 주루막은 배가 불룩하고, 커다란 자루에도 절반 이상이 찼다. 어서 나머지 절반을 채워야 돌아갈 수 있다. 돌아가서 밤마다 꿈길로 오는 아내의 품에 깃들이리라.

서두르다 보니, 자신도 모르게 아직 제대로 약성이 들지 않은 어린 약초까지 건드리고 있었다. 예전 같으면 있을 수 없는 일이었다. 기다림을 모르면 최상품을 얻을 수 없다는 걸 너무도 잘 아는 그가 아니던가.

나는 지금 돈이 필요하다구. 그뿐인가. 사랑스런 아내가 기다리는 집으로 어서 돌아가 봐야해.

충분한 이유였다. 거개의 다른 약초꾼들처럼 덜 자란 약초를 캔다고 뭐랄 사람은 아무도 없었다. 짧은 기간 안에 많은 약초를 짊어지고 나타나면 처숙도 아내도 모두 기뻐할 것이었다.

몇백 리 길도 단걸음에 좁혀 와버렸다. 워낙 빠른 걸음걸이라서 남들은 축지법을 쓴다고 했지만 사람이 땅을 줄일 수는 없었다. 그저 부지런히 거리를 좁히는 것뿐이었다.

예정보다 사흘을 앞당겨 집에 당도했다. 약재 창고에 대충 짐을 부려놓고 별채로 달려갔다. 처숙은 나중에 봐도 되었다. 우선은 아내부터 얼싸안고 싶었다.

"임자, 내가 왔소!"

" … ?"

별채에 처숙이 와 있었다. 넙죽 인사를 올리고자 했다. 하지만 인사는 올려지지 않았다. 벌겋게 누워 있는 뚱보 의원영감과 아내, 아니 본래 뚱보영감의 애첩이 눈에 들어왔던 것이다. 화는 나지 않았다. 대신 피식피식 웃음이 삐져나왔다.

그 길로 미련 없이 '체질대로 한약방' 별채를 나왔다. 그리고 다시는 이 나라에서 가장 큰 도시도, 그 한약방도

76

찾지 않았다. 믿었던 사람과 첫사랑에게서 받은 상처가 그
처럼 깊었다.

산 위에서 한둔을 했다. 말이 한둔생활이지 영락없는 짐승의 삶이었다. 바위틈에 나뭇가지를 잘라다가 지붕을 덮었다. 하늘이 점점이 내려와 비쳤다. 바닥에는 갈잎을 긁어다 쟁였다. 곰의 집이나 다름없었다. 그곳에서 잠자고, 낮에는 산열매나 잔대, 복령 따위를 캐서 끼니를 대신했다. 내다 팔 약초가 아니라 겨우 목숨이나 부지할 정도만 캤다. 죽더라도 굶어죽을 수는 없는 노릇이었다.

이렇게 버텨보다가 죽어지면 그대로 죽자.

어느 날, 산 속에서 동료 약초꾼을 만났다.

"급기야 고양이 나라로 우리 산국이 넘어갔다네."

동료 약초꾼은 주억거렸다.

"뭐라구!"

머리가 핑 돌았다. 하늘이 노랬다. 갈팡질팡하는 사이에 끝장이 나고 만 것이다. 그간 많이 번민했지만 따지고 보면 구경꾼이나 다름없는 행적이었다. 속았거니 장가도 들고, 어린 약초도 캐 날랐다. 부끄럽고 통분했다. 차라리 총을 잡았더라면 이토록 억울하지는 않았을 거였다. 뒤늦게 통곡해본들 도리가 없었다. 이제 때가 되었다. 희망 없는 삶을 연장하는 건 비겁이다. 구차하게 연명하다가 더 사나운 꼴을 당하게 될지도 모른다. 내가 캐는 약초가 나라를 빼앗은 사람들의 생명을 연장하는 데 쓰이기라도 한다면 그것은 치욕이다. 약초가 독초가 되는 꼴이다.

바위벼랑이 날카롭게 선 곳으로 올라갔다. 날아가는 봉황의 벼슬 부위였다. 아찔한 벼랑 끝에 서자, 사방이 조망되었다. 발 아래서 풍화된 바위가 맥없이 부서졌다. 사발만한 크기의 돌을 벼랑 아래로 던져 보았다. 절벽에 부딪힐 때마다 물귀신처럼 한 무더기 돌들을 끌어안고 떨어졌다.

크르릉 쾅!

엄청난 굉음이 울렸다.

그 많은 돌들을 집어삼킨 계곡은 으스스한 트림을 끝내

고 다시 악마의 입을 쩍 벌렸다. 험악한 목구멍이 드러났다. 그러나 공포는커녕 아무런 생각도 나지 않았다. 두어 달째 한둔생활을 해오는 동안 수도 없이 삶과 죽음의 경계를 넘나들었음이다.

그대로 허공에 몸을 날렸다. 봉황만 나는 게 아니었다. 사람도 허공에 몸을 던지면 날았다. 무엇엔가 강하게 부딪혔고, 아찔해지면서 그만 정신을 잃었다. 하얀빛이 압도해 오더니 이내 검게 돌변했다. 그리고 끝이었다.

물 속에서 헤엄을 쳤다.

아니, 깊은 물 속에 빠져서 허우적대고 있는 것 같았다. 쉬지 않고 자맥질을 해도 몸이 앞으로 나갈 줄을 모른다. 코로 물이 밀어닥치고, 숨이 가쁘다. 그런데도 갑갑하지가 않다. 오히려 시원한 느낌이다.

쏴아―

바람소리다.

후두두둑―

그리고 간단없이 떨어지는 물소리.

물 속에서도 바람소리를 들을 수 있었던가. 바람은 웬만

한 곳은 다 간다. 산과 바다, 깊은 동굴 속은 물론 단단한 과일 속, 나무뿌리, 바위나 쇳덩이의 심장에도 바람은 들어갈 수 있다. 시간이 걸려서 그렇지 모든 살아 있는 존재, 모든 형상 있는 존재의 조직 속에 파고들어 가서 그것들을 변화시키고, 급기야는 해체시켜 버린다. 그래서 사람들은 유행이나 이념, 시대사조를 말할 때 바람을 들먹이는 것인가.

눈을 떴다.

물과 바람과 바위벼랑과 외솔….

아찔한 바위벼랑 위, 한 그루 소나무 가지에 몸이 매달려 있는 게 아닌가. 언제부턴지 폭우와 광풍이 휘몰아쳤다. 죽기로 결심하고 벼랑 아래로 몸을 던졌건만, 소나무 가지에 걸려서 살아난 것이다. 옷이 해지고, 여기저기 찍힌 살갗이 눈에 들어왔다. 천길 낭떠러지로부터 자욱한 물보라가 피어 올라온다. 악마가 입을 벌리고서 혀를 내밀고 있다. 옴짝달싹할 수 없을 만큼 큰 공포가 짓눌러 왔다. 이미 죽기로 했건만 우연히 살아나서 다시 죽는 건 왠지 겁이 났다.

나뭇가지에 걸린 옷을 추스르고 엉금엉금 기어서 나무 밑동 부위에 안착했다. 바위가 골진 틈에 옆으로 겨우 누울

공간이 있었다. 막막했다. 위로도 아래로도 갈 수 없는 지점이었다. 가까스로 눕기는 했지만 그 다음 동작을 할 수가 없었다. 이 폭우 속에서 자칫했다가는 그대로 미끄러져 가루가 될 판이었다.

비가 그치기를 기다리며 한참을 누워 있었다. 한심했다. 무슨 염치로 배는 왜 이렇게 고픈 것인가. 그때였다. 빗속을 훑고 지나가는 바람결에 진한 향기가 여울졌다. 본능적으로 약초꾼 특유의 후각이 발동했다. 분명 그것이다.

맞았다. 동자삼童子蔘이었다. 머리맡, 소나무를 허락한 바위 벼랑 틈에 이끼와 부엽토가 쌓였고, 그 위에 걸터앉아서 수백 년 묵은 산삼이 자라고 있었다. 그것도 세 뿌리나 되었는데, 애써 파낼 것도 없이 줄기를 잡고 뽑으니 그대로 따라 올라왔다. 오동통한 아이가 발을 뻗고 앉아서 응석을 부리는 형상이었다.

심봤다.

그렇게 외쳤더라도 소리가 돼 나오지는 않았을 거였다. 얼마를 굶었던 것인지 소리칠 기력이 없었다. 빗물에 씻어서 무처럼 질겅질겅 씹어 삼켰다. 진한 향기 탓에 빗소리도 바람소리도 잊었다. 한 뿌리를 마저 씹었다. 입안이 얼얼하고 몸이 더워지면서 졸음이 몰려왔다.

그는 어느 깊은 침엽수림 속으로 들어가고 있었다. 이른 아침 숲에는 자욱한 아침 안개가 피어 나왔다. 무엇에 홀린 사람처럼 자꾸 깊숙이 들어갔다. 발이 땅에 닿지 않는 느낌이었다.

울창한 푸른 숲 속에 반짝이는 실개천이 흘렀고, 둥근 바위들은 원시의 푸른 이끼들에 감싸여 깊은 잠에 빠져 있었다. 숲이 내뿜는 짙은 향기는 의식을 사로잡고 머릿속을 투명하게 했다. 개천을 건너니 몇 아름드리의 크고 기다란 푸른 용이 누워 있었다. 다가가 겁도 없이 만져 보았다. 용이 꿈틀거렸다. 아니었다. 멍석보다 더 두꺼운 이끼 이불이 떨어져 나왔던 것이다. 그것은 쓰러진 커다란 전나무의 잔해를 수십 년 동안 감싸고 있던 생명들이었다.

왜였을까.

전나무의 잔해와 푸른 이끼 이불을 만지면서 신神의 그림자를 보게 된 까닭은. 원시의 숲이 지닌 생명력 속에 신은 살아 있었던 것이다.

바람이 불었다.

그리고 안개가 걷혔다.

울창한 숲이 태고의 바다처럼 출렁거렸다.

다시 깨어났을 때, 비는 그쳐 있었다. 흥건히 젖었던 옷은 다 말라있었고, 정신이 거울처럼 맑았다. 공기는 신선했고, 햇살은 찬연했다. 소나무 등걸에 기대고 조심스레 몸을 움직였다. 살쾡이처럼 몸을 웅크리고 앉았다. 멀리 동녘으로부터 일출이 시작되고 있었다. 먼동을 우러르니 살아야겠다는 생각뿐이었다. 동자삼 한 뿌리를 품안에 넣고 바위의 맥을 읽었다. 내려가는 쪽보다는 올라가는 쪽이 더 가까웠고 쉬워 보였다.

어디로부터 온 힘일까. 온몸에 뜨거운 기운이 감돌고, 비밀스런 힘이 솟구쳤다. 예전에는 한 번도 느낄 수 없었던 힘이었다. 그 힘을 손가락에 실어서 바위를 탔다. 손가락 하나만으로도 가뿐히 몸을 지탱할 수 있었다. 때문에 가파른 벼랑이 하나도 겁나지 않았다. 정말 날아올라 가는 느낌이었다.

수십 길의 바위벼랑을 순식간에 타올라 왔다. 그리고 여러 날 전에 몸을 던졌던 그 벼랑 끝에 서서 다른 세상을 보았다.

거기 새로운 우주가 펼쳐지고 있었다.

태양도 이제까지의 그 태양이 아니었다. 껍질 벗은 알처럼 투명한 불의 정기를 뿜어내고 있었다. 바람도 그랬고, 나무와 흙과 바위도 그랬다. 그 앞에 온 세상 만물이 제 심장을 꺼내 보이는 것만 같았다.

약초꾼 사내는 고개를 숙여서 자신의 몸을 살펴보았다. 해어진 옷과 피부를 뚫고 내장이 훤히 보였다. 유리알을 보는 것과 같았다. 그는 그 자리에서 덩실덩실 춤을 추었다. 산천초목이 함께 춤을 추었다.

그는 유리세계를 보았다. 온 세상이 투명하게 반짝이는 광경을 보았다. 현실과 한 발짝 거리를 두고 있는 이상세계, 다가서면 곧 부서져 버릴 것 같은 유리세계를 보았다. 우주만물, 삼라만상이 모세혈관과 같은 그물로 연결돼서 함께 호흡하고 있었다.

"생명에는 경계가 없느니라. 땅을 빼앗겨도 끝내 빼앗길 수 없는 것들이 많으니 그것들만 잘 지켜내면 언젠가는 새날이 온다. 참사람은 위기관리를 잘하는 법! 죽었다 다시 살아난 그대가 이후로 세상의 가난한 병자들을 고친다면 무한한 약초와 충분한 수명을 주리라."

일순, 허공장으로부터 빛살처럼 쏟아지는 말씀이 있었다. 우주의 정기들이 뭉쳐서 만물의 심장을 울리고 나오는 대자연의 소리였다.

나라가 부서져도 산과 강은 남아 있다. 하여 산자락이나 강가에 들풀 같은 사람들이 살고, 산야에는 약초가 자랐다. 모진 비바람이 몰아쳤다. 그렇다고 생명활동을 멈출 수는 없었다. 앙 버티며 새끼들을 기르고 희망을 싹틔워야 했다. 악조건을 견디고 사는 풀뿌리와 나무에 약 기운이 서린다. 약 성분은 곧 내성耐性의 결정체다. 이 산국의 약초가 다른 나라 땅에서 나는 약초보다 약성이 뛰어난 까닭이 거기에 있었다. 추위와 더위를 견디고, 그 시련 속에서 단련된다. 상처 안에서 커 가는 생명은 모두가 약초가 된다. 가슴속에 미움만 품지 않는다면…. 만일 무엇인가를 미워하는 마음으로 자라게 되면 약초가 아니라 독초가 되고 만다. 때로 독초가 약이 되기도 하지만 그야말로 비상약일 뿐이다.

나라가 사람들을 보호하지 못하더라도 대부분의 사람들은 이 땅에서 여전히 살림을 해야 했다. 이 산국을 등지고 이웃나라로 건너가서 독립군이 된 사람들도 더러 있었지만 대개는 이 강산을 떠나지 않았다. 함께 보듬고 고통의 세월을 보낸 것이다.

사람에 의해 상처받더라도 사람을 미워할 수는 없다. 누군가가 무엇을 빼앗더라도 끝내 빼앗아지지 않는 것들이 있었다. 죽어서도 천 년을 가는 주목이라는 나무처럼 나라가 깨어져도 불멸하는 얼이 있었다.

산령은 나에게 그걸 알려주고자 했던 것인지도 모른다. 그래서 성한 정신으로는 도저히 가 볼 엄두를 못 낼 동자삼이 있는 벼랑 틈으로 나를 인도하고, 죽음 곁에서 그 정기를 듬뿍 받도록 한 것이다. 만일 내가 죽을 결심을 하지 않았더라면, 뿐더러 몸을 날리지 않았더라면 그 낭떠러지 외솔 그늘에 동자삼이 있다는 사실을 알지 못했을 것이다.

거기까지 생각이 미쳤다.

그가 해야 하는 일은 역시 약초를 캐는 것이었다. 다만 전과 달라진 것이 있었다. 그가 캔 약초가 쓰일 곳은 도시의 지체 높고 돈 많은 사람들이 아니라 가난한 이웃들임을 깨달았다. 나라를 잃었어도 여전히 배부른 사람들보다 빼앗긴 산야에서 풀뿌리를 캐먹고 사는 민초들을 돌보리라고 다짐했다.

그는 전보다 밝아진 눈으로 사람들의 병을 고치는 행위를 겸해가고 있었다.

매번 같은 것 같지만 올 때마다 다시 새로운 가을이 왔다.

바야흐로 마가목 열매를 따는 계절이다. 기린처럼 기다랗고 호리호리한 떠돌이 약초꾼 사내의 발길이 빛의 산에 닿았다. 마가목은 빛의 산에서도 거의 정상 부위에 자생했다. 그는 긴 팔로 단풍이 든 흰 말가죽 색깔의 마가목 줄기를 휘어잡고 붉은 열매를 따기 시작했다. 벌써 바닥에 떨어진 열매도 즐비해서 흡사 주단을 깔아놓은 것 같다. 그것들을 자루에 주워 담으며 맛을 보았다. 살구 씨처럼 시금털털한 맛이 감돈다. 소주를 내려서 몇 개월만 담가 두면 중풍이나 관절염을 고치는 특효약이 된다.

딱딱 따르르—

딱딱 따르르—

가까이에서 나무 쪼는 딱따구리 소리가 들려왔다. 영락 없이 목탁 치는 소리다.

사내의 열매 줍기는 한참 동안 계속되었다. 두 말들이 광목자루가 거의 찼다. 칡넝쿨로 야무지게 주둥이를 묶은 다음, 주루막에 넣는다. 수염이 반백이 되었으나 여전히 기력이 좋아 보이고, 동작이 능숙했다. 그는 주루막을 짊어지고 길도 없는 산등성이를 가로지른다. 쇠꼬챙이가 들어 있는 지팡이로 관목 숲을 가리마 타며 헤쳐 나간다. 그러다가 우뚝 멈춰 섰다.

공중에 붉은 열매가 다복했다. 하늘에서 내려준 것인가. 그것은 분명 마가목 열매 떨기였다.

어떻게 저 높은 곳에, 그것도 엉뚱한 주목 꼭대기에 마가목 열매가 떨기로 매달려 있을까.

약초꾼은 호기심이 일었다. 그는 주루막을 내려놓고 기다란 팔과 다리를 이용해서 성큼성큼 나무에 올랐다. 천 년을 살아온 주목은 안으로부터 썩어가고 있는 중이었고, 여기 저기 크고 작은 구멍들이 나 있었다. 아까 그 딱딱거리던 소리도 이 나무 위에서 나온 것이었다. 뿐만이 아니었다. 하늘다람쥐도 보금자리를 만들어 놓고 있었다.

더 놀라운 건, 마가목이었다. 나이가 너무 들어서 썩어들어가는 주목의 정수리에 마가목이 뿌리를 내리고 살았던 것이었다. 적어도 십수 년생은 족히 돼 보였다. 하늘다람쥐나 까막딱따구리가 열매를 먹고 씨를 떨어뜨렸을 터였다. 썩어들어 가는 주목의 몸통 속에서 마가목은 자라났다. 마가목 줄기는 여럿이었는데 다른 동물의 집이었음직한 구멍으로 뚫고 나온 것도 있었다. 그것들은 모두 짙은 단풍이 들었고 소담스런 열매를 달았다. 기막힌 숙주宿主와 기생寄生이었다.

불현듯, 중풍으로 몸져누운 박 영감을 떠올렸다.

옳거니. 이 열매를 따다가 산기슭 당골에 사는 박 노인에게 갖다 주자. 이 열매는 달여서 탕약으로 먹게 하고, 자루에 든 열매로는 소주를 내려서 주자.

그러면 왠지 그 노인이 자리를 차고 일어설 것처럼 여겨졌다. 자신의 몸속에 다른 약초나무를 길러내는 천 년 주목의 기운이 약효를 발휘할 것 같았다.

대개 산에서 생약을 보는 즉시 환자를 떠올리면 그의 병은 잡혔다. 설명할 수 없는 일이지만, 그것은 오랫동안 약초를 캐오면서 얻은 영감 같은 것이었다. 이 땅과 사람들을 포함한 우주에는 함께 주고받는 기운이 있었다. 우주의 기운은 세상 만물과 교통하면서 막힘 없는 순환을 계속한다. 해와 달과 별들의 운행이 그렇다. 거스름이 없는 순행은 선함이며 바름이며 어짊이며 성스러움이다. 사람의 병통은 기운의 흐름이 원활하지 못하는 데서 비롯된다. 막힘은 곧 병통이다. 막힘 없는 우주의 기운으로 막힌 사람의 병을 고칠 수 있다. 산의 정기를 머금은 약초란 하나의 매개체일 뿐이다. 우주의 바른 기운을 불러올 수 있는 묘법을 깨우치면 굳이 약초의 기운을 빌리지 않더라도 병자를 치료할 수 있는 것이다. 그러므로 하늘과 호흡을 함께하는 성자聖者가 말씀 한마디로 앉은뱅이를 일어서게 했다는 말은 절대 거짓이 아니다. 문제가 되는 것은 하늘과 호흡을 함께 하느냐 못하느냐에 있다.

마가목 열매를 딴 약초꾼은 주목을 내려오면서 옹달샘 하나를 발견했다. 나무뿌리가 끝나는 지점에 작은 샘물이 솟고 있었던 것이다. 수통에 물을 담은 약초꾼은 휘적휘적 지팡이를 휘두르며 당골 계곡 쪽으로 하산했다.

박 노인은 가뿐히 일어났다. 주목 위에서 열매 맺은 마가목의 약성과 옹달샘물의 효험을 직방으로 보았다. 불과 보름 만이었다. 과연 약초꾼의 영감은 틀림이 없었다.

"하늘이 낸 귀인이로고."

사람들은 떠돌이 약초꾼의 신비한 의술을 마르고 닳도록 되뇌었다.

하지만 박 노인은 달랐다.

"마가목 열매가 중풍에 좋다는 건 천하가 다 아는 일이지."

흰소리였다. 그는 그 사실을 몰랐다. 그러면서도 뻔뻔하게 자신의 병을 고친 건 마가목 열매지, 어디서 흘러들어온지도 모르는 근본 없는 떠돌이 약초꾼이 아니라고 억지 주장을 했다.

"말씀은 옳습니다."

떠돌이 약초꾼은 마음을 비운 사람처럼 허허롭게 웃으며 고개를 끄덕였다.

"뭐가 옳단 말씀이오? 사람이 은혜를 몰라도 유분수지. 하여간 똥 마려울 때하고 똥 누고 나서는 저렇게 다른 게 사람마음이라니까."

당골 마을 사람들이 박 노인을 성토하며 콩팔칠팔해댔다. 떠돌이 약초꾼은 그저 흘러들을 뿐이었다. 반면에 박 노인은 약초꾼을 철저하게 외면해 버렸다. 길에서 마주치기라도 하면 눈도 맞추지 않고 휑하니 돌아서서 내뺐다. 찬바람이 쌩쌩 도는 행색이었다. 혹시라도 막대한 치료비를 내놓으라고 할까봐 미리 가시 울타리를 치고 나오는 것이다. 그러면 사람 좋은 떠돌이 약초꾼은 인사를 못 건넨 자신이 멋쩍어서 한동안 우두커니 서 있는 것이었다. 그 모습이 청노루를 닮았다. 엊그제만 해도 자리보전을 하던 노인이 왜죽왜죽 걸어 다니는 모습만 봐도 거늑해지는 기분이었다. 환자를 고쳐낸 의원은 누구나 그 마음이었다. 비록 이름 없는 떠돌이 약초꾼이라고 해도 그러기는 마찬가지였다.

떠돌이 약초꾼은 그렇게 남녘으로 떠났다. 물소리 바람소리 같은 유장한 노랫소리를 날리며 떠나간 자리마다 작은 미담이 전설로 영글어 갔다. 무수한 환자들의 병을 고쳐줬지만 치료비조차 못 받는 예가 태반이었다. 그렇거니 떠돌이 약초꾼의 안색은 언제나 밝았다. 그가 받는 치료비라야 기껏 며칠 묵어 가는 정도 아니면 품삯 정도였다.

일 년 뒤, 다시 빛의 산을 찾았을 때, 박 노인은 이미 이 세상 사람이 아니었다. 중풍은 나았지만 수명이 다한 것이었다. 약초를 써서 병은 고쳐줄 수 있었지만 수명까지 늘려줄 수는 없었다.

"얼마를 더 살겠다고 그리 인색하게 굴었을꼬?"

마을 사람들이 다시 나타난 떠돌이 약초꾼을 보자마자 박 노인을 떠올리며 혀를 끌끌 찼다.

"더 오래 사셨더라면 좋았을 것을….."

약초꾼은 아쉬워했다.

"참으로 군자 가운데 군자시오."

당골 촌장이 씨암탉을 잡아 대접했다.

"별말씀을 다 하십니다. 미천한 떠돌이일 뿐이거늘."

"지나친 겸손은 무례올시다."

"허허허, 겸손에 지나침은 없지요."

"그런가요. 언제고 복 받을 거요."

"이렇게 건강하게 산천을 누비니 이미 과분한 복을 받은 셈이지요."

이런 떠돌이 약초꾼에게 난처한 일이 찾아왔다. 박 노인의 늦둥이 여식이 약초꾼을 시봉하겠다고 나선 것이다.

"정처 없이 떠도는 늙은이를 무슨 수로 시봉하겠다는 거요?"

약초꾼은 기겁을 하며 손사래를 쳤다.

"따라다니며 선친을 모시는 것처럼 하겠습니다."

순박한 처자는 아버지의 몰염치를 대신하겠다는 뜻이 역력했다.

"그럴 수 없소."

"하오면 소녀는 평생 처녀로 늙어 죽겠습니다."

처자의 결심은 옹골찼다.

"이참에 우리 마을에 정착하시면 어떠하오?"

보다 못한 촌장이 제안했다.

"제 나이가 몇인지나 아시오? 차마 못할 일이외다."

약초꾼도 완강했다.

"나이가 무슨 상관이오. 기력이 청년인 것을."

"그래도 그게 아니오. 칠십을 넘긴 늙은입니다."

"예?"

촌장과 처자는 물론 마을 사람들 모두가 소스라치게 놀랐다. 절대 오십 이상으로는 보이지 않는 외모였다. 흰머리가 드문드문 섞여 있어서 그렇지 피부나 음성은 오십이 아니라 사십 청년의 것이었다.

결국 손녀딸 같은 박 처자와 정식으로 혼례를 치렀다. 큰 도시 뚱보 의원영감의 첩과 속아서 치른 야합 혼례 이후 삼십여 년 만이었다. 다시는 여인을 보지 않겠다는 맹세가 무너지는 순간이었다. 하지만 행복한 일이었다.

남녀간의 정분에 맹세는 맥을 추지 못하는 법이다. 다시는, 혹은 누구도 안 되고 오직 당신만이라는 말들은 그리 믿을 게 못 된다. 또 다른 사랑의 이름으로 모든 말들은 새롭게 의미가 부여되고 거듭나기 때문이다. 차라리 순간에 충실함이 옳다. 사랑은 어쩌면 오직 그 순간으로만 영원성을 획득하는 미묘한 마술인지도 모른다.

약초꾼은 당골 산자락에 작은 집을 지었다. 떠돌이 칠십 평생에 터를 잡고 말뚝을 세운 것이다. 때때로 약초 냄새를 따라 바람 사냥을 나갔다가도 어김없이 그 집으로 돌아왔다. 그리고 거기서 딸 하나와 세 아들을 낳았다.

막내아들이 태어나던 여름, 고양이 나라 사람들이 산국에서 떠나갔다. 해방이라고 했다. 산국이 다시 독립국이 된 것이었다. 유장한 노랫소리에 생기가 돌았다. 약초꾼은 사람들과 함께 만세를 부르면서 다짐했다. 이후로 어느 누구라도 이 산국을 넘보면 그때는 허리가 꼬부라졌어도 총을 잡겠노라고.

약초꾼의 다짐은 얼마 있다가 실천할 기회를 만났다. 이번에는 산국의 북녘 사람들이 남녘 사람들에게 총부리를 겨누며 쳐들어왔다. 처음에는 그대로 밀려 내려왔다. 워낙 창망한 기습이라 도리가 없었다. 그들을 밀어내고 빛의 산을 되찾았을 때, 백발이 성성한 약초꾼은 의용군에 지원했다. 젊은 날의 그 어두웠던 기억을 다시 되풀이하지 않을 셈이었다.

"나도 총을 잡고 이 나라를 지키겠소."

백발이라고는 하지만 꼿꼿한 허리에 우렁찬 목소리였다.

"예? 노인장, 바쁘니까 업무방해 그만하시고 집에 돌아가서 손자들이나 어르세요."

면사무소에 파견 나온 군인들이 실소를 금치 못했다.

"이봐요! 나라 지키는데 나이가 무슨 상관이오. 그리고 나는 아직 손자들이 없소. 젊은 아내와 제비 새끼들 같은 어린 자식들뿐이란 말이오."

냅다 호통을 쳤다. 카랑카랑한 어조였다.

"그 노인네 기세 한 번 좋네. 주민증 좀 봅시다."

"옜소."

"팔순이 넘었지 않습니까?"

"힘은 아직 사십이네."

"그만 돌아가세요."

"나이가 문제라면 호적을 정정하면 될 거 아닌가. 지금 당장 사십으로 바꿔주게."

약초꾼은 고래고래 호통을 쳤다.

"할아버지, 상늙은이도 보통 상늙은이가 아닌데 왜 이러십니까? 망령이 단단히 들었네요. 그래도 뜻은 가상하네요. 새파란 젊은이들도 징집을 피하려고 손가락을 자르거나 숨는 판에."

대위 계급장을 단 장교가 딱딱하게 굳은 우유가루 뭉치를 건네주었다. 장한 뜻에 대한 포상이었다.

"이 친구 이거 안 되겠구먼. 나와 팔씨름 한 번 해볼 텐가?"

대뜸 장교의 팔뚝을 잡아 이끌었다. 군인답게 장골이었다. 하지만 결과는 장교의 연패였다. 처음에는 늙은이라고 봐줘서 졌고, 두 번째부터는 어, 어, 어, 하다가 연달아 졌다.

"힘이 장사십니다. 정말 그 연세가 맞습니까?"

얼굴이 새파랗게 질린 장교가 허리를 굽히며 예의를 갖췄다.

"사십이라니까 그러는구려. 호적이 잘못된 것이니 어서 사십으로 고쳐 주시게. 총 들고 나가서 내 처자식을 지켜낼 거니까."

장교는 부하들을 시켜서 약초꾼의 집에 쌀 포대를 져다 주게 했다. 그러면서 하는 말이 단호했다.

"이 전쟁은 우리가 이깁니다. 팔순 노익장의 이런 기세에 힘입어 반드시 이깁니다. 만일 우리가 밀리거든 그때 다시 오십시오. 당당한 계급장을 달아드리겠습니다."

장교의 말은 그럭저럭 맞았다. 전쟁에서 이긴 건 아니지만 더 밀리지 않고 끝났다. 때문에 이번에도 약초꾼이 총을 잡을 기회는 없었다. 결과적으로는 다행한 일이었다. 이방인을 향해서건 동족을 향해서건 사람을 사냥한다는 것은 악업을 쌓는 셈이었다. 호랑이를 사냥하는 일에 비할 바가 아니었다. 아무리 죄 많은 사람일지라도 아무 죄 없는 짐승이나 호랑이의 목숨보다 더 중시될 수밖에 없었다.

"할아버지!"

늦자식들은 아비인 약초꾼을 그렇게 부르며 컸다. 제 어미에게는 어머니라 부르고, 제 아비에게는 할아버지라고 부르니 사정을 모르는 이들이 들으면 시아버지와 며느리가 자식새끼들 낳고 부부로 사는 상것들이라 할 판이었다.

그렇거니 100살이 되었다. 동료들은 어느새 하나 둘씩 생명의 불을 끄고 하늘로 돌아갔고, 그 자신만이 남았다. 빛의 산 둘레에서 100세 된 노인은 그밖에 없었다.

나라에서 100살을 넘긴 장수노인들에게 연금을 주기로 했다. 기관에서 사람이 나와 조사해 갔다. 그는 아내와 자식들 나이까지 꼼꼼히 기록하면서 고개를 갸웃거렸다.

약초꾼의 연금수령 불가.

사유는 호적 나이 불분명.

기록 착오로 30년가량 부풀려진 듯함. 다시 확인 요망.

면직원이 결과를 통보해 왔다.

"허허허, 언제는 전쟁에 내보내달라니까 너무 나이가

많아서 안 된다고 하더니, 이제는 그 나이를 못 믿겠다는 건가! 애초 호적은 누가 작성했는데. 참으로 편리한 기록에다 멋대로 정책일세."

약초꾼은 너털웃음을 지어 보일 따름이었다. 재차 조사가 나왔지만 이번에는 이쪽에서 답변을 거부했다. 연금을 줘도 받을 생각이 없었던 것이다.

그는 그 후로도 자그마치 25년을 더 살았다.

대자연이 언제나 새롭고 장구한 이유는 욕심이 없어서였다. 그런 자연을 거스르지 않고 순응하는 삶이 장수의 비결이었다. 깊은 산골 옹달샘 물이 실개천을 이루고 다시 강이 되었다가 바다에 다다르는 것처럼 약초꾼의 삶은 유장하게 이어졌다. 그는 자연인으로서의 수명을 한껏 누리고 125세를 살다가 저녁에 잠든 채로 영영 눈을 감았다. 그보다 50년이나 젊은 아내는 그를 청산에 묻고 이듬해에 그의 곁으로 돌아갔다. 그리고 빛의 산 골골에는 전설이 된 약초꾼의 이야기가 바람처럼 떠돌았다. 우주의 기운과 산의 정기를 머금은 약초로 숱한 병자들을 고쳐 냈던 그 자신이 약초였다. 그의 노래, 그의 눈길, 그의 행적은 모두 전설이 되었다.

3

너희 아버지는 빛의 산을 닮았고, 내게로 다가와서는 마침내
내가 기대고 쉴 수 있는 넉넉한 나무 한 그루가 되셨단다.
아들아, 너는 네가 장차 사랑하는 그 사람에게 너의 아버지같이
한 그루의 나무가 되어줄 수 있는 그런 삶을 살아라.

약초꾼의 후예들은 산이 주는 것들을 받아먹고 자랐다. 나물과 야생열매, 감자, 덫을 놓아 잡은 짐승들이 주식이었다. 그들의 할아버지, 아니 아버지와 어머니가 떠난 이후에도 그 산골을 지키며 약초를 캐고 나무를 베어 팔았다. 가정을 꾸리고 새끼들을 두면서부터 차차 더 많은 돈이 필요했다.

"우리도 검은 불덩어리를 캐야겠다."

어느 날, 큰아들이 말했다.

"애들아, 위험한 일이란다. 검은 불덩어리는 독가스를 뿜어내고 어두컴컴한 동굴 막장은 늘 허기져 있어. 언제고 너희들을 집어삼키려들지."

도시로 시집간 누이가 걱정하며 말렸다.

잠자는 검은 불.

빛의 산 주변에는 검은 불의 혼이 숨어 있었다. 불의 혼들은 산의 속살과 뼈대 깊은 곳에서 수억 년의 잠을 자고 있었다. 굴을 뚫고 들어가 잠을 깨우면 그것들은 시퍼런 불꽃을 피워내는 마법의 덩어리가 되었다. 큰아들은 그것을 캐서 돈을 많이 벌자고 제안한 것이다.

"형님, 우리가 약초와 나무를 버릴 수는 없어요. 산령과 교감하면서 그것들을 채취하는 일이야말로 우리 가업인 걸요."

두 동생들도 입을 모아 말렸다.

"저 불빛 휘황한 도시로 나가 공부하는 자식들을 뒷바라지해야지. 약초나 나무를 팔아서는 어림도 없어."

더는 말릴 수 없었다. 동생들도 합류했다. 깊은 막장에서 검은 불을 캐내는 일은 힘겨웠다. 가슴이 답답했고 얼굴은 숯검정이 되었다. 그렇거니 약초나 나무보다 몇 곱절 돈이 되었다.

유난히 장마가 길던 그해 여름에 막장이 무너졌다. 작은아들들은 무사했으나 큰아들이 변을 당했다. 속살과 뼈대를 파 먹힌 산령은 배가 너무 고팠던지 형과 몇몇 동료들을 집어삼켰다.

그 일이 계기가 되었다. 많은 사람들이 고향을 버렸다. 그들은 짐을 꾸려서 도시로 잠입해 들어가는 열차에 올랐다. 거대한 괴물처럼 점점 더 몸을 부풀려 가는 도시의 흡입력은 강렬했다. 한 번 그렇게 떠나간 사람들은 좀처럼 산으로 돌아올 줄을 몰랐다.

둘째 아들이 식구들을 데리고 그 도시로 스며들어 갔다. 그때까지 장가들지 못한 막내아들만 혼자 남겨졌다. 산골 마을은 눈에 띄게 남루해져 갔다. 예전보다 못사는 것도 아닌 듯한데 도시와 비교되어 점점 더 초라해졌다. 마지막까지 당골에 남은 막내아들은 나무뿌리 공예를 시작했다. 손재주가 남달랐다. 느티나무뿌리나 주목뿌리가 그럴듯한 탁자로 변했다. 나무의 미려한 결이 보기 좋았다. 도시의 애호가들이 괜찮은 가격으로 가져갔다.

좋은 일에는 마가 끼는 법.

"산림자원 훼손죄로 귀하를 구속합니다."

관에서 나온 사람들이 험악하게 말했다.

"죽은 나무뿌리를 캐는 게 뭐가 잘못이라고 구속까지

시킨다는 거요?"

이런 때 따지라고 입이 있었다.

"채 죽지 않은 나무를 베었다는 제보가 들어왔습니다."

"곧 말라죽을 나무였는데⋯."

"그것 봐요."

구류를 살고 막대한 벌금을 물었다. 산림을 훼손할 생
각은 처음부터 없었다. 다만 죽어 가는 나무를 썩기 전에
거둔 것밖에 없었다. 포크레인을 동원한 것도 아니고, 미련
스럽게 괭이질로 캐낸 뿌리였다. '전설적인 약초꾼 할아버
지'의 아들이 나무를 함부로 베거나 괴롭힌다는 건 생각할
수도 없었다. 하지만 법이 그러하니 도리가 없었다. 사람
이 자연을 괴롭히는 게 아니라 자연이 사람을 괴롭히는 꼴
이다.

"이 산골에서 장가도 못 들고 썩느니 그만 도시로 가자
꾸나."

　도시에서 파출부로 근근이 살아가던 누이가 와서 채근
했다. 정말로 산골에 살면 언제부턴가 장가들 수가 없었다.
도시 처자건 산골 처자건 그녀들은 촌에서 사는 모든 남자
들을 싫어했다. 이 시대 여자들은 생명력 넘치는 자연을 닮
은 건강한 남자보다 자연으로부터 멀리 달아난 해사하고
세련된 남자를 좋아했다. 한마디로 능력있는 도시 남자들
을 원했다.

　마지못해 누이 뒤를 따랐다. 할아버지, 사실은 아버지의
전설이 깃든 당골은 그의 모태였다. 이삿짐을 꾸려서 그 모

태를 자르고 떠나갈 때, 눈에서 끈적끈적하고 하얀 피가 나왔다.

달동네에 셋방을 얻었다.

산 높은 곳에서 온 사람들은 도시에서도 높은 데서 살아야 하는 모양이었다. 그 산자락 당골과 도시의 달동네, 둘 사이에는 하늘이 가깝다는 공통점이 있었다. 다만 하늘빛은 사뭇 달랐다. 파란 하늘 대신 공해로 찌든 희뿌연 하늘을 이고 살아야 했다. 가파른 높은 산에 오르듯이 버스 종점에 내리자마자, 비탈진 좁은 계단 길을 한없이 올라야 했다. 내려오는 사람들과 툭하면 어깨가 부딪혔다. 모르는 사람일지라도 사람과 사람이 서로 어깨를 부딪치는 것처럼 정겨운 광경도 없었다. 그래서 옷깃만 스쳐도 인연이라고 말하는 종교가 있었다.

구수한 땀 냄새가 나는 촌사람들과 달리 도시 사람들에게서는 달콤한 향기가 났다. 비누냄새며 샴푸냄새가 났다. 향수냄새가 나는 젊고 예쁜 여자들과 맞닥뜨릴 때면 심장이 콩콩 뛰었다. 어깨가 부딪히기라도 할라치면 정신이 아찔했다. 황홀한 기분이었다. 자신도 모르게 미소가 흘러나왔다.

하지만 사람들은 무표정했다. 웃어주기는커녕 이마를 찡그렸다. 가파른 계단 때문인지, 부족한 잠이나 지친 일과 때문인지 알 수가 없었다. 사람과 사람의 어깨가 부딪치는데 왜 짜증을 낼까? 나무나 풀에 몸이 닿아도 대개는 싱그런 느낌에 기분이 좋아지거늘 하물며 만물의 영장이라는 사람과 닿는 일인데….

이웃끼리 벽 하나 거리로 붙어살면서도 좀처럼 아는 체를 안 했다. 이웃이 아니라 숫제 적으로 여기는 눈치였다. 내남이 거기서 거기인 달동네 인생이라고 혐오하는 것인가. 스스로를 업신여기는데 남을 공경할 리 없었다. 하긴 이른 아침부터 공중 화장실 앞에 장사진을 치고 발을 동동 구르는 처지인지라 그럴 수도 있겠다 싶었다.

아침마다 전쟁이었다. 세상에 똥 누기 전쟁이라는 것도 있었다. 산에서 살 때는 나무 그늘이건 천변이건 어디나 편한 뒷간이었다. 그런데 이놈의 달동네는 뒤처리하는 것도 중대사였다.

화장실 앞 대기자들의 기다란 줄은 좀처럼 줄어들 줄을 몰랐다. 급하면 더 그랬다. 속에서 거시기가 뜨개질을 해댔다. 괄약근을 조이고 붕어처럼 얕은 숨을 쉬었다.

순번이 돌아오면 잽싸게 퍼질러 놓고 후다닥 나와야지 조금만 끙끙거려도, 없는 살림에 뭘 얼마나 밀어넣었기에 저토록 길게 싸고 자빠졌나, 하는 볼멘소리가 들려왔다. 밀어내기를 끝내고 나오는 일도 객쩍었다. 다급한 사람들의 째진 눈길을 애써 외면해야 했다. 흰자위로 흘겨보는 눈빛에 경멸기가 다분했다. 똥을 길게 싸는 희한한 벌레로 대했다. 인간이 줄을 서서 똥을 싸야 하고, 그것도 잽싸게 퍼질러 놓고 뛰쳐나와야 하는 한, 더 이상 고귀함 같은 건 없었다. 인간은 생각하는 위대한 존재가 아니라 근심스레 똥 싸고 내빼야 하는 거대한 벌레일 뿐이었다.

검은 불덩어리도 그랬다.

막장 안에서 깊은 잠을 깨우는 일도 위태로웠지만 그 불덩어리를 달동네 꼭대기로 옮겨다 쓰는 일 또한 고달팠다. 버스 종점 근처에 검은 불덩어리 가게가 있었다. 가게 주인은 가난한 달동네 사람들에게 가장 높은 값을 매겼다. 하늘로 나 있는 가파른 계단 때문에 수월찮은 배달비가 붙었다. 검은 불덩어리를 쌓아둘 데도 없고 배달비도 아낄 겸 사흘에 한 번씩 져 올려와야 했다. 약초를 캐거나 나무할 때보다 더 다리가 후들거렸다.

옹달샘은 어떤가.

도시에는 아예 옹달샘이 없었다. 쇠파이프를 그물망처럼 도시 전역 땅에 묻고 꼭지를 틀어서 물을 불러왔다. 그런데 달동네의 경우는 지대가 높고 수압이 낮아서 꼭 필요한 때에는 물이 올라오지 못했다. 아랫동네 사람들이 잠자는 한밤중에야 비로소 물은 달동네 가풀막 쪽을 쳐다보았다. 인심 후한 산골 물과는 딴판으로 도도하고 인색한 도시의 물이었다. 그 산에서 사시사철 흘러넘치던 덕성은 어디에도 없었다. 성격도 고약해서 불로 달궈내지 않으면 먹을수도 없었다. 아랫마을 사람들은 이런저런 필터로 걸러서먹는다고 했다.

도시에서는 무엇이건 돈 주고 사먹어야 했다. 누구나주인일 수 있는 숲에 들어가 새순과 뿌리와 열매를 채집해서 먹던 것과는 전연 달랐다.

일 또한 그랬다. 정해진 일터에 정해진 시간에 나가서해야 했다. 마음대로 했다가는 품삯을 받을 수 없었다. 산골에서처럼 비 온다고 쉬고, 피곤하다고 미뤄둘 수가 없었다. 내 의사와 관계없이 쉬기로 돼 있는 날에만 쉬어야 했다. 자연과의 조화니 생체리듬 따위는 화려한 수식어일 뿐이었다.

배운 게 나무여서 가구공장에 들어갔다. 나무들은 태양이 이글거리는 남쪽나라에서 잘려온 것들이 대부분이었다. 참나무들은 가장 넓은 바다를 건너온다고 했다. 어떤 침엽수 목재들은 북극 눈의 나라, 바이칼 호수 근처에서 오기도 한단다.

고향을 떠나온 나무들은 무표정했다. 흡사 징집돼 온 병사들 같았다. 머리도 빡빡 깎고, 몸통도 크기가 비슷했다. 슬픔도 그리움도 야무지게 감춘 모습이 의젓했다. 기계로 나무를 깎고 조립하고 니스 칠을 했다. 숲에서 살아 있는 나무를 솎아내 톱으로 자르거나 장작 팰 때의 생동감 같은 건 없었다. 그저 화석화되다시피 한 창백한 나무들을 담담하게 가공했다. 하다보면 나무들은 전혀 다른 모습으로 변했다. 장롱, 화장대, 침대, 탁자, 소파, 의자 …. 가구로 새롭게 태어난 나무들 속에서 잘린 원목 시절의 슬픔이나 그리움을 참아내던 흔적 같은 건 어디에도 없었다.

그는 본디 성실한 사람이었다. 단 한 번도 늑장을 부리지 않았고, 결근하지도 않았다. 누구보다 먼저 나와서 가구공장의 잔일을 도맡았고, 맨 마지막에 퇴근했다.

"모자란 사람이로군."

동료들의 빈축을 샀다. 그러잖아도 임금이 너무 박해서 노동절에 즈음하여 파업을 생각하고 있던 그들이었다.

"저런 친구 때문에 우리가 피해본다니까."

"그러게 나이 사십을 넘겨도 장가들지 못하지."

사실이 그랬다. 남들보다 갑절이나 더 일한다고 임금을 더 받는 것도 아니었고, 누가 알아주는 것도 아니었다. 오히려 눈치나 먹고 조롱이나 당했다. 성실하지만 융통성 없이 꿍꿍 일만 하는 중년 사내를 좋아할 여자도 없었다. 그런 사람을 좋아했다가는 지지리 고생만 하고 살 게 뻔했다. 도시 여자들은 본능적으로 사내들의 장래를 한눈에 알아채 버렸다.

"아저씨, 커피라도 한 잔 드시며 하세요."

노처녀 경리 사원이었다. 왜소한 키에 누르스름하니 핏기 없는 안색, 기름 짜면 한 말은 족히 나오리라는 사람들의 놀림처럼 주근깨가 다닥다닥한 그녀였다. 겨울날, 그는 혼자 남아 공장을 정리하고 있었다. 그에게 모락모락 김이 피어오르는 찻잔이 전해졌다. 그녀가 사내에게 말을 붙여 온 순간이었다.

　빛의 산, 기슭의 참나리!

　그가 그녀를 맨 처음 보았을 때의 첫인상이었다. 짜리몽
땅한 키, 누르스름한 피부, 다닥다닥한 주근깨는 잔뜩 속티
가 묻은 세상 사람들의 안목이었다. 아담한 자태, 꾸밈없이
수수한 얼굴, 주황색 꽃잎 안쪽에 검은 반점이 매력적인 참
나리! 그랬다. 그녀는 영락없이 빛의 산 참나리를 닮았다.
이것이 그가 그녀를 보는 안목이었다.

약초꾼이자 광부였고, 목공이 된 사내와 참나리 아가씨.

아무도 관심 두지 않는 두 사람은 달동네에서 둥지를 틀었다. 열두 살 차이로 띠동갑이었다.

그 전에 둘은 빛의 산을 찾았다. 당골의 전설로 누운 아버지의 묘소에 참배하고, 빛의 산에 올랐다. 샛별이 얼굴을 비추는 주목 아래 옹달샘 맑은 물을 떠다가, 묵은 고향집에서 단둘이 혼례를 치렀다. 그 옛날 어머니가 뒤란 장독대에 정화수로 올린 그 물이었고, 그 흰 사발이었다.

찬물 한 사발.

샛별과 북두칠성이 비치는 찬물 한 사발 떠다 놓고 올리는 혼례는 초라했지만 성스러웠다. 새신랑 새신부의 신혼여행지는 달동네 단칸방으로의 귀환이었다.

"당신을 기다리느라 마흔둘까지 혼자 살았나 봐."

한없이 사랑에 겨운 그의 눈길이었다.

"아무도 거들떠보지 않는 저를 당신은 따뜻하게 보듬어 주셨어요."

그녀는 감격의 눈물을 흘렸다.

아니라고 하면서도 세상의 여자들이 대개 미모로 평가받듯이 세상의 남자들은 능력으로 평가받는다. 돈이건 힘이건 지식이건 많이 가지려고 눈에 불을 켠다. 가지고 있는 것보다 더 크게 보이려고 까치발 서 보이고 거드름피우며 목소리를 키운다. 하지만 이 남자에게는 그런 기미가 어디에도 보이지 않는다. 돈은, 흘리는 땀만큼만 벌었다. 힘은, 나무토막을 들어 옮길 만큼만 지녔으며, 지식은, 산과 나무와 약초와 사람 사는 도리 정도가 전부다.

하건만 왜 이 남자의 품에 안겨 있으면 세상 전부를 가진 것 같은 충만함이 밀려드는가.

"우리는 서로 다른 길에서 출발했고 서로 다른 추억과 경험을 지녔지만 이렇게 만나 하나 되었음에 죽는 날까지 갈라서지 않기로 합시다. 아니, 죽음도 우리를 갈라놓지 못하오. 한날, 한시에 손 꼭 붙잡고 하늘나라로 돌아갑시다."

처음 만난 남녀라면 누구나 하기 예사인, 그러나 지키는 이가 아주 드문 이 케케묵고 촌스런 맹세라니.

그때, 참나리 여인에게는 의문 하나가 있었다.

약초꾼들은 산령과 대화한다는데 사실인가요?

하지만 오늘 같은 날, 묻지 않기로 했다. 언젠가 꼭 물어볼 요량이었다.

그날 밤, 두 사람은 오래도록 한몸이 되었다. 달동네

단칸방이 우주처럼 넓고 포근했다. 모처럼 하늘이 맑아 유성 하나가 남쪽 하늘 가장자리로 기다란 꼬리를 끌며 사라졌다.

그렇게 내가 태어났다.

남녀가 하나가 되는 몸짓은 미지의 우주로부터 새로운 생명을 불러오는 의식이다. 두 사람이 간절히 원하면 둘 사이에 갓난아기가 온다.

"이 쪼글쪼글한 발바닥 좀 보셔요."

갓 태어난 내 발은 쪼그라든 귤껍질 같았다고 한다. 이것은 어머니의 표현인데, 여느 갓난아기들도 똑같다고 한다.

"왜 이렇게 발이 쪼글쪼글한지 아오?"

어머니의 이마와 내 발을 번갈아 가며 쓰다듬던 아버지의 물음이었다.

"… ?"

어머니는 묻지 않고 기다렸다. 세상 사람들과 뭔가가 다른 아버지의 엉뚱한 해석이 기다려졌다.

"무수한 별들을 징검다리 건너고, 은하수 강을 헤엄쳐 오느라 팅팅 불어서 그렇다구."

어머니는 한동안 아무 말도 하지 못하고 연신 고개를 흔들었다.

"아아, 어쩜 그렇게 멋진 표현을! 당신은 정말 시인이세요."

어머니는 아버지의 참나무 등걸 같은 손을 끌어다가 입 맞췄다. 그런 다음 한없는 존경의 눈빛을 해 보이며 다시 말을 이었다.

"… 시집 한 권 못 내셨지만 당신은 삶 자체를 서사시로 써 가는 음유시인이세요, 세상에 하나뿐인."

"별과 바람과 꽃과 나무와 새들보다 더 뛰어난 시인은 없지."

아버지가 인정하는 시인은 오직 대자연뿐이었다.

돌이 지나고 아장아장 걸음을 배우기 시작할 무렵, 아버지는 나를 업고 빛의 산에 오르셨다. 어머니와 함께였다. 그리고 그날, 처음으로 나의 나무를 보았다. 물론 그날의 일들이 하나도 기억나지 않지만 수도 없이 들었던 터라 기정사실이 돼버렸다.

　내가 그 산을 기억하는 첫 실마리는 역시 나의 나무였다. 아버지의 표현대로 가을날 선녀의 머리장식 구슬 같은 붉은 열매가 익는 마가목이 늙은 주목의 몸통 안에서 자라고 있는 것이 너무 신기했다. 주목도 반투명한 진분홍 열매를 매달았지만 이 늙은 주목은 더 이상 열매를 맺지 못한다고 했다.

"여기 이 안을 들여다보렴."

아버지는 나를 목마 태우고 주목 둥치의 빈 구멍 속으로 바투 다가섰다.

"하얗고 기다란 밧줄들이 있어요! 괴물의 다리들 같아요!"

나는 소스라치게 놀랐다. 그때까지 본 어느 동화책에서도 이런 장면은 보지 못했다.

"하하하, 밧줄? 괴물의 다리?"

"당신보다 더 뛰어난 시인이 될 듯싶네요."

두 분은 햇살처럼 찬란하게 웃었다. 그 웃음은 내가 이 세상에 와서 본 사람들의 웃음 가운데서 가장 인상적인 웃음이었다.

"그건 저 위에 있는 마가목의 뿌리들이란다."

"뿌리가 왜 문어 다리같이 길게 늘어져 있어요?"

"문어 다리라니! 아주 굵은 기타줄 같지 않니?"

하나, 둘, 셋, 넷, 다섯, 여섯, 일곱, 여덟, 아홉.

나는 마가목의 발가락을 세어 나갔다. 내 손가락 숫자를 세면서 또박또박 세어 나갔다. 모두 아홉 개였다. 유치원도 다니기 전에 나는 그렇게 숫자를 배웠다. 그리고 왜

뿌리가 밧줄이나 기타줄처럼 팽팽히 늘어지게 되었는가도 배웠다.

오랜 옛날, 너무 늙어서 몸통이 썩어 가는 주목의 정수리 부위에 새와 다람쥐가 물어다 놓은 마가목 열매가 움을 틔웠다. 뿌리는 차츰차츰 주목의 몸 속으로 파고들었다. 세월이 흐를수록 주목은 더 늙어갔고, 몸을 점점 열어 주었다. 그 틈으로 마가목은 더 깊숙이 파고들어 갔고 마침내 땅에 닿았다. 그러는 사이 주목의 몸통은 텅 비게 되었고, 뿌리들은 통속 빈 공간에 기타줄처럼 남게 되었다. 그리고 이 나무를 맨 처음 발견한 사람이 이 빛의 산 전설이 되신 할아버지라는 것, 이 나무에서 연 열매를 따다가 어느 노인의 중풍을 고쳐줬고, 그의 딸을 아내로 맞았다는 것, 그 분이 낳은 막내아들이 나의 아버지라는 사실을 알았다. 나무와 얽힌 가문의 역사였다.

"아빠, 저 나무 내 나무 할래요. 그래도 되죠?"

"물론이지."

나는 상상으로 주목을 다른 곳에 옮겨 놓았다. 그랬더니 거기 아주 우스꽝스러운 나무 한 그루가 서 있었다. 아홉 개의 기다란 기둥 위에 아주 뚱뚱하게 뒤틀린 몸통을 지닌

나무였다. 어떤 만화책이나 애니메이션 영화에서도 본 적이 없는 희한한 나무였다. 마가목이 빠져나온 주목도 투시해 보았다. 속이 텅 비고 뒤틀렸으나, 여전히 살아 숨쉬는 천 년의 은자가 명상하고 서 있었다.

우리들은 나무에서 밑으로 좀 떨어진 옹달샘가로 가서 김밥을 먹었다. 소풍 나와 먹는 김밥은 천상의 음식처럼 맛있었고, 옹달샘 물은 달았다. 밥을 먹고 나서 주목나무 그늘에 돌아와 누우면 미풍이 살랑살랑 불어왔다. 어머니의 무릎베개는 세상에서 가장 편하고 넉넉했다. 아버지는 약초를 캐러 골짜기로 내려가셨고, 어머니는 내 이마를 쓰다듬으며 아주 오래된 나무 이야기를 들려주셨다.

까마득한 옛날에 한 그루의 커다란 나무가 있었단다. 아마 이 나무처럼 커다란 나무였을 거야. 나무 그늘에 천상의 선녀 하나가 내려와 우리처럼 이렇게 쉬고 있었지. 그러다가 목신木神의 정기를 느껴 잉태를 했단다.

목신이 뭐죠?

오래된 바위나 나무, 깊은 물에는 신령한 기운이 있단다. 그 기운을 받아 아이를 갖게 된 거지. 그래서 옥동자를 낳았단다. 나무도령이라고 이름 지었는데 예닐곱 살이 되

었을 때, 선녀는 하늘로 돌아가야 했단다.

아들을 버렸나요?

하늘나라에 피치 못할 사정이 생긴 거지. 세상에 자기 새끼를 버리고 떠나는 어미는 없단다. 피치 못할 사연이 있어서 그런 것이지.

그래서 어떻게 되었어요?

갑자기 큰비가 내렸고 몇 달 동안이나 장마가 계속되었지 뭐니. 결국 이 세상이 온통 바다로 변하게 되었어. 커다란 나무도 강풍에 쓰러지고, 물에 둥둥 뜨게 되었지.

"어서 내 등에 타렴."

나무가 말했지. 나무도령은 그 나무를 타고 정처 없이 물결을 따라 표류하게 되었단다. 세상은 온통 물바다였지. 얼마를 갔는데 갑자기 다급하게 아주 작은 소리가 들려왔단다.

"살려주세요!"

돌아보니 홍수에 떠내려 오던 개미떼들이었어. 나무도령은 그 불쌍한 개미떼들을 구해주고 싶었어.

"아버지, 어떻게 할까요?"

나무는 나무도령의 아버지나 다름없지.

"태워줘도 좋아."

또 얼마를 가다보니 처량하게 애원하는 소리가 들렸어. 모기들이었어. 이것들도 태워주었지. 다시 더 가다보니 이번에는 나무도령과 같은 또래의 사내아이가 물에 허우적대는 광경을 보았지. 곤충도 살리는데 사람은 당연히 살리기로 했지. 그런데 나무가 말리는 거야.

"구하지 마라."

"왜요?"

"머리 까만 짐승은 함부로 구해주는 게 아니다."

"저렇게 죽어가면서 애원하는데…."

"네가 그렇게까지 말하니 할 수 없구나. 그러나 이 다음에 반드시 후회할 날이 있을 거야."

나무는 더 이상 말리지 못했단다. 그들은 마침내 작은 섬에 다다랐지. 그 섬은 이 세상에서 가장 높은 산의 봉우리였거든. 대홍수로 온 세상이 물에 잠기게 되었고, 오직 그 산봉우리만 겨우 머리를 내밀고 있었던 거야.

두 아이는 그 섬에 내렸고, 개미떼와 모기들도 내려서 나무도령에게 감사하다고 말한 다음 제 살 곳으로 가버렸단다.

마침 날이 저물어 깜깜한데 등불 하나가 반짝이는 거야. 불빛을 따라 가보니 작은 오두막이었지. 그 집에는 노파 하나와 어린 두 딸이 살고 있었단다. 이상하게 나무도령과 같은 또래였는데 그 중 하나는 친딸이었고, 다른 하나는 수양딸이었지.

그들 빼놓고 인류가 전멸한 거지. 도리 없이 그 집에서 일해 주며 함께 살게 되었단다. 두 쌍의 소년 소녀는 곧 성년이 되었지. 노파는 그들을 부부로 만들어 세상의 인종을 이어가려고 했어. 그런데 친딸을 어느 청년과 맺어주어야 할지 걱정이었어. 두 청년이 모두 친딸을 원했거든.

하루는 나무도령이 없는 틈을 타서, 다른 청년이 노파에 말했단다.

"나무도령은 비상한 재주를 지녔어요. 한 섬의 좁쌀을 모래밭에 흘려놓더라도 곧 모래 한 알 섞이지 않게 도로 담을 수 있습니다. 하지만 그 재주는 마음을 주지 않은 사람 앞에서는 절대 보이지 않지요."

노파는 나무도령을 시험하고자 했단다. 나무도령은 생각지도 못한 일이라 거절했지. 노파는 다른 청년의 말을 믿고는 화를 버럭 냈단다. 자신을 멸시하기 때문이라고 생각한 거지.

"만일 내게 그 재주를 보여주지 않는다면 내 친딸을 못 준다."

그러면서 모래사장에 좁쌀 한 섬을 흩뿌려 놓고 가버리는 거야. 나무도령은 난감하게 지켜보고 앉아있었지.

그때 난데없이 개미 한 마리가 와서 나무도령의 뒤꿈치를 무는 거야.

"무슨 걱정을 그리하세요?"

사실을 말해 줬어.

"그까짓 거 아주 쉬운 일입니다. 예전 대홍수 때에 우리를 살려주신 은혜를 갚아드리지요."

그렇게 말하더니 어디론가 급하게 달려가는 거야. 수많은 개미떼들이 몰려왔고, 저마다 좁쌀 한 알씩을 입에 물고 가마니에 담기 시작했단다. 순식간에 모래 한 알 섞이지 않고 한 섬의 좁쌀이 가마니에 도로 담겼지.

저녁때가 되자, 노파가 모래사장에 딸을 데리고 나타났어. 그리고는 감탄했지. 노파는 당장 나무도령에게 친딸을 주려고 했단다. 그런데 또 다른 청년이 못마땅하게 여기는 거야. 노파는 꾀를 내었어. 어두운 밤에 두 청년을 밖으로

내보낸 다음, 두 처녀를 동쪽 방과 서쪽 방에 나눠서 들여
놓았지. 지혜가 있으면 자기 친딸을 알아서 찾아 들어가라
고 말이지. 복불복, 제 복대로 되라는 뜻도 있었단다.

　두 청년이 문 앞에 섰지. 어디로 들어갈까 고민하는데
이번에는 모기떼가 나타나 나무도령의 귓가에 대고 앵앵대
는 거야.

"나무도령, 동쪽 방으로 앵당당글 애앵―."

이렇게 해서 나무도령이 노파의 친딸을 얻게 되었단다. 지금 세상 사람들은 모두 이 두 쌍 부부의 자손들이란다.

나는 이런 이야기를 들으면서 낮잠에 빠졌다. 어머니의 머리칼을 쓰다듬던 산들바람이 짓궂게 내 목을 간지럼 태우고 달아났다.

꿈속에서 나는 우리들의 나무, 천 년의 주목을 타고 하늘을 날았다. 속이 텅 빈 나무둥치 안에 들어가서 뚫린 구멍 밖으로 고개를 내밀고 세상 구경을 했다. 천 년의 주목

은 하나의 세계였다. 그 안에서 무엇이건 다 꿈꿀 수 있었고, 실제로 해볼 수 있었다. 하늘을 날던 나무는 산과 계곡을 지나 강물 위로 달렸다. 강물이 최대로 넓어지는 데서부터는 바다였다. 구멍을 유리로 막고 바다 속을 잠수하면 아름다운 산호초와 기이한 물고기들이 춤추는 황홀경을 볼 수 있었다. 더 깊은 해저로 들어가면 그곳에는 더이상 햇빛이 들지 못했다. 깜깜한 심해라도 걱정할 필요가 없었다. 천 년의 주목이 발광체로 변해 주었기 때문이다. 천 년을 넘겨 살면 나무는 더 이상 나무가 아니었다. 천상의 선녀와 정기를 나누기도 하고, 별처럼 빛을 발하기도 했다. 그렇게 미지의 세계를 탐험하고 다니는데 갑자기 개미 한 마리가 내 새끼발가락을 물었다. 생뚱맞게 소원을 말하란다. 내가 주저하고 있자, 이번에는 모기가 앵앵거리며 귓전을 맴돌았다.

그 소리에 허우적대며 깨어나면 아버지의 구수한 땀내가 코를 자극했다. 배낭에는 온갖 약초가 가득했다.

"이 열매 좀 핥아보렴."

달콤한 머루나 새콤한 다래도 아니고, 하얀 가루가 묻어 있는 작고 푸른 한 송이 열매였다. 머루 알보다 더 작았다.

열매 송이를 받아들고 입에 넣었다.

"우엑! 짜고 시고 이걸 어떻게 먹어?"

"호호호―."

"하하하―."

내 찌푸린 표정을 보고 두 분은 재밌어라 박장대소했다. 아버지는 그제야 탐스럽게 익은 머루를 꺼내 놓았다. 짜고 신 맛 다음에 먹는 단맛이라서일까. 도시에서 사 먹는 포도와는 비할 수 없이 깊은 맛이었다.

"참별아, 소금이 열리는 나무가 있다는 걸 아니?"

아버지는 거짓말 같은 질문을 던지셨다.

"소금은 바다에서 난다고 했어요!"

나는 큰소리로 외쳤다.

"산에서도 나지. 암염巖鹽은 땅속에 결정체로 묻혀 있거든. 태곳적에는 지금의 산이 바다였던 때문이지."

"맞아요. 기억났어요. 하지만 소금이 열리는 나무가 어딨겠어요?"

"이게 그 나무 열매란다. 아까 네가 맛보았듯이 소금기가 묻어있지 않던?"

"그러게요."

　"붉나무의 열매다. 이처럼 하얗게 소금기가 배어나오지. 동물들이 산에서 소금기를 필요로 할 때는 이 붉나무 줄기와 잎과 열매를 따먹는단다. 줄기와 잎에도 소금기가 들어 있거든. 뿐인 줄 아니? 아빠가 어렸을 적에 할머니는 이 나무를 빻아서 두부 만들 때, 간수 대용으로 썼단다."

　"정말인가요?"

　이번에 묻고 나온 건 내가 아니라 어머니였다. 아버지의 말씀이라면 무엇이건 믿고 보는 당신이었지만 이 말씀만은 믿어지지 않는 모양이었다. 하지만 그것도 잠시였다. 이내 수긍하고 마는 것이다.

"그럴 수 있을 거예요. 기회가 닿으면 우리도 조금 해먹어 봐요."

미리 하는 얘기지만, 어머니의 그 말씀은 실천되지 못했다. 어머니는 선천적으로 몸이 약했고, 나를 나으신 이후로는 건강이 더욱 눈에 띄게 나빠지셨다. 맞벌이를 하지 않으면 내집 마련은커녕 전셋집도 못구하는 게 도시의 삶이었다. 우리가 오랫동안 달동네 꼭대기 단칸방을 벗어날 수 없었던 이유였다.

"서둘러 내려가야겠어. 저 너머 먼 산 위에 걸린 구름이 심상치가 않거든."

이 쾌청한 가을날에 비라도 뿌릴 거라는 것인가. 아버지는 짐을 챙겼다. 무거운 배낭을 짊어지고 나를 안고서 하산하기 시작했다. 따가운 가을볕 아래에서의 돌연한 행동이라서 이해가 되지 않았다. 그러나 우리가 산을 다 내려와 역으로 가는 버스를 기다리고 있자니 바람이 불고 어김없이 비가 내렸다.

아버지는 이런 분이었다. 최소한 그 산에서 아버지는 으뜸이었다. 그 산의 바람과 햇살과 나무와 약초와 온갖 크고 작은 일들을 아버지만큼 잘 아는 사람은 없었다. 코끝을

스치고 가는 바람만 있어도 얼마쯤 떨어진 거리에 어떤 약초가 웅크리고 있다는 걸 알아채셨다. 비상한 재주였다. 어린 내가 보기에 나무들이 빼곡한 그 산에서의 아버지는, 빌딩 숲이 멀리 보이는 달동네에서보다 키가 두 배는 더 커 보였다.

"이것을 코에 넣고 있어 봐요."

아버지는 버스 안에서도 당신의 놀라운 재주를 보여주었다. 배낭에서 작은 풀을 조금 꺼내시더니 손바닥으로 비벼서 둘로 나눴다. 그것을 어머니의 콧구멍에 찔러 넣어 주던 것이다. 코피가 났을 때, 쑥을 비벼서 막던 때가 연상되었다. 나는 우스꽝스러워서 어머니의 코볼을 엄지와 검지로 연방 눌러댔다. 그것이 싫증나고 이내 재미없어지자, 아버지에게 내 콧구멍에도 똑같이 해달라고 졸랐다. 달리는 버스 안에서 우리 모자는 졸지에 이상한 나라의 코 막힌 사람들이 되어버렸다.

어머니에게는 어렸을 적에 내가 알 수 없었던 큰 병이 있었지만 그 외에도 잔병이 많았다. 비염도 그 가운데 하나였다.

"콧속이 개운해졌네요."

어머니는 환하게 웃어보였다.

"거 봐요."

나중에 안 이름이지만, 그날 아버지가 우리들 코 속에 넣어주셨던 풀은 범의귀라는 풀이었다. 물기 있는 바위에 붙어서 자라는 여러 해살이 풀로서 비염 따위의 염증 치료에 탁월했다. 아버지는 귀신같이 약성을 알았고, 그것은 대부분 당신의 아버지, 곧 그 산의 전설이 되신 할아버지로부터 배운 것들이었다.

아버지의 해박한 약초 상식에도 불구하고 어머니의 큰 병은 좀처럼 잡힐 줄을 몰랐다. 병원에서도 손을 들었다. 보기 드문 난치병이라고 했다. 병원 약으로는 좀처럼 효과를 볼 수 없고, 수술은 위험하다고 했다.

"맛있는 것 잡숫고 편안히 보내세요."

담당의사의 소견이었다. 더 이상 병원에 올 필요가 없이 죽음을 기다리라는 얘기였다. 사실, 더 오라고 해도 갖다 줄 돈이 없었다.

아버지는 낙담하지 않았다. 매일같이 가구공장에 나가서 일했고, 쉬는 날에는 빛의 산에 올라서 약초를 캤다. 계

절에 한 번 가량은 어머니와 나를 대동하고 가셨다. 그 약
초를 달여서 어머니에게 먹였다. 아버지의 치료법은 아주
간단했고, 효과가 좋았다. 언젠가 병원에서 연락이 와서 갔
는데 담당의사가 어머니의 병세를 체크해보고는 깜짝 놀
랐다.

"믿을 수 없군요. 솔직히 진작에 돌아가신 줄 알았습니
다. 호전까지는 아니더라도 더 이상 악화가 되지 않고 있어
요. 선생의 약초가 부인의 병을 억제한 겁니다."

흰 가운 차림의, 손이 해사한 의사가 더덕장아찌나 참나
무 등걸 같은 손을 가진 아버지더러 처음으로 선생이라는
호칭을 썼다. 그 얘기는 병원에서 돌아온 어머니가 동네사
람들에게 귀띔해준 것이었다.

이 일이 계기가 되어 사람들이 아버지의 약초를 원하기
시작했다. 아버지는 좀처럼 거절을 몰랐다. 특히 가난한 이
웃들의 청이어서 더 그랬다. 그런 성품은 할아버지로부터
물려받은 정신적 유산이었다.

"다른 건 몰라도 사람 병 고치는 걸 외면해서는 안 되느
니. 돈 따위는 목숨과 바꿀 수 없어."

아버지는 할아버지의 그 말씀을 지키고자 애썼다. 가구

공장이 쉬는 날마다 그 산을 찾았고, 부지런히 약초를 캐 날랐다. 약값은 병이 다 나은 것을 확인한 후에야 그 산으로 가는 교통비와 밥값 정도만 받았다. 드물지만 더 많은 돈을 주는 이에게는 되돌려주거나 다른 약초로 보답했다. 면허가 없는 약초꾼이 돈 받고 의료행위를 하면 법에 걸린다고 했다. 꼭 그래서가 아니라 아버지는 본래 욕심이 없었다. 병을 고치기가 무섭게 발걸음을 뚝 끊는 이들도 적잖았는데 아버지는 개의치 않았다.

내가 아는 사람들은 이상했다. 병원이나 약국에 가서는 먹어보지도 않고, 그 때문에 아직 낫지도 않았는데 두말없이 청구서대로 많은 돈을 지불하는 것이었다. 하면서도 아버지의 약초를 대할 때는 달랐다. 우선 그냥 갖다 먹고, 병이 다 나은 다음에도 푼돈 내놓기를 주저했다.

"자격증 때문이란다. 의사들은 대학에서 오랫동안 공부도 했고."

어머니의 해명이었다. 하지만 나는 동의할 수 없었다. 사람 병 고치는 데 자격증이 무슨 필요가 있을까. 대학에서 오랫동안 공부했다는 의사들이 못 고치는 병을 아버지가 곧잘 고쳐놓는데 무엇이 진짜 공부일까. 할아버지는 일생

동안 병자들을 고쳐왔고, 아버지는 어렸을 적부터 그것을 보고 자랐고 배웠다. 아버지의 그 길고 긴 수업시대는 공부가 아니란 말인가.

"의사선생님들은 어려운 책을 많이 읽기도 했고 책임지는 시스템 속에 있지. 솔직히 약초꾼들은 무책임한 경우가 많거든."

도대체 의사나 병원이 사람 생명을 어떻게 책임질 수 있단 말인가? 나는 의아스러웠지만 어쨌든 어머니의 이 말씀은 나를 자극시켰다.

나는 닥치는 대로 책을 읽었다. 학교 도서관에 있는 책을 하루에도 몇 권씩 읽어치웠다. 학교에 없는 책은 버스 종점 근처에 있는 서점에 서서 후닥닥 읽어버리고 나왔다. 목례를 올리면서 보면 그때마다 서점 주인아저씨는 애매한 표정을 짓곤 했다.

책도 나무의 살과 뼈인데?

어느 날, 서점의 나무 서가에 가득 꽂힌 책을 보다가 떠올린 착상이었다. 종이의 원료인 펄프는 나무와 풀로 만들었다. 나무와 풀이라면 이 세상에서 우리 가문 사람들을 능가할 이가 없다. 할아버지는 무려 125세를 사시는 동안 산에서 지혜를 키워오셨고, 아버지는 그 뒤를 이으셨다. 아버지는 두꺼운 《식물도감》이나 《본초학》 따위의 책을 보지 않고도 모든 나무와 풀들을 구별하고, 그 약성을 훤히 꿰시고 계셨다. 다만, 그런 아버지에게도 약점이 있었다. 그것은 어린 내가 생각해도 너무 치명적이었다. 아버지는 영어를 겨우 알파벳 정도만 알았고, 한문도 많이 몰랐다. 특히 역사나 철학, 현대물리학 같은 분야는 거의 깜깜했다.

하지만 나는 그런 아버지를 무시하지 못했다. 빛의 산에서 아버지가 보여주시곤 하는 놀라운 삶의 지혜를 도저히 따라잡을 자신이 없었기 때문이다. 아무리 내가 책을 많이 읽어도 그런 아버지의 지혜에 접근하기란 불가능할 것만 같았다.

그렇거니 나는 허기를 채우듯 책을 읽어치웠다. 가난했기 때문에 다른 애들 다 다니는 유치원이나 학원에도 다니지 못했다. 컴퓨터도 가지고 있지 않았다. 다룰 줄은 알지만 게임 같은 걸 즐길 기회가 없었다. 아마 그래서 더 책에 매달렸는지도 모른다. 많이 배우지 못한 아버지가 미처 읽지 못한 책을 내가 대신 읽어주기라도 하듯 쉬지 않고 읽었다.

낯선 책을 손에 들면 뭐라고 말할 수 없는 묘한 충동이 저 깊은 내면세계로부터 피어올라 왔다. 그것은 미지의 세계가 부르는 기분 좋은 유혹이었다. 책은 신화였고, 할아버지의 숨결이었으며, 아버지의 지혜로 다가가는 오솔길이었다.

　내게 새로운 정보나 감동을 주는 책을 읽고 나면 나 자신이나 내가 아는 세상은 더 이상 예전의 내가 아니었고 그전의 세상이 아니었다. 내 시야는 분명 넓어졌고 세상은 달리 보였다. 그럼에도 나는 여전히 나이고 사람들과 세상 또한 그대로라고 여기며 사는 것은 왜일까. 매일 다른 내가 매일 달라지는 세상을 살아간다. 물론 책을 읽지 않아도 나는 매일 다를 것이며 세상 또한 달라질 것이다. 중요한 건 달라짐이 아니라 살찌우는 것이다. 책이 영혼의 양식이라는 이유가 거기에 있었다. 호수 위에서 점점 퍼져나가는 동심원과도 같이 내 의식은 그렇게 점점 몸피를 불려나갔다. 그러다가 내가 아직 이 지상에서 만나보지 못한 아주 특별한 다른 세상과 만나게 될지도 모른다는 설레임을 품게 된다.

　분야가 완전히 다른 책들도 내 머릿속에서는 뒤죽박죽

얽히다가 씨줄 날줄로 짜여져 하나의 책으로 거듭났다. 그것은 종이와 잉크가 필요없는 상상 속의 책이었다. 이 상상 속의 책을 얼마나 잘 정리해서 말하느냐에 따라서 유식과 무식, 논리와 비논리가 갈린다.

내가 딱딱한 책상 앞에 앉아서 시를 읽으면 책상은 금방 말랑말랑해진다. 대상을 의미화시키면서 얻는 마술적인 효과였다. 그 다음에 물리학 책을 읽으면 내 책상은 드디어 움직이기 시작한다. 눈에 보이지는 않지만 원자들의 활발한 운동이 느껴지는 것이다.

내 독서편력은 화려했다. 커가면서 지리학과 천문학에 빠졌고, 어머니의 병 때문에 의학서들도 읽었다.

림프관 종_{Lymphangioma} 증상은 발생부위에 따라 다르다. 손·발톱, 머리카락, 치아 부위 등 림프관이 없는 일부 부위를 제외하고는 신체 어디든 다 생길 수 있으며, 주로 얼굴, 목, 겨드랑이, 팔, 다리, 뱃속 부위에서 많이 발생한다. 얼굴과 목 부위에서는 눈에 띄게 기형적으로 나타나며, 크기도 다양하다. 턱 밑에 발생하면 기도를 눌러 질식할 수도 있다. 팔이나 다리 부위에 발생하면 외양상의 문제

외에 성장 등의 문제는 없다.

발생 부위에 말랑말랑한 혹이 생기기 때문에 몸 외부에 발생할 때뿐 아니라 뱃속에 발생할 때도 배가 불룩해져 대개 눈으로 보고 파악할 수 있다. 뱃속에 림프관 종이 생기는 경우 초음파나 MRI 검사를 하면 어디에, 어떤 크기로 생겼는지를 알 수 있다. 합병증이 문제가 되기도 한다. 발생부위에 염증이 생기면서 그 부위가 빨개지고 땡땡해진다. 목 부위에 생기는 경우 낭종이 커지면서 호흡을 방해하기도 한다. 주사제 효과 없으면 위험감수 수술.

내가 초등학교 3학년 무렵에 의학서적에서 찾아본 어머니의 병이다. 어머니는 뱃속에 커다란 혹이 생겼고, 주사제로 효과를 보지 못했다. 수술하기에는 너무 늦었고, 병원에서는 포기 상태였다. 이런 병을 아버지가 빛의 산 약초로 다스리고 있었던 것이다.

아버지는 어머니의 배에 쑥뜸 뜰 생각도 하셨지만 어머니의 기력이 너무 쇠약하다며 그만 두셨다. 다른 난치병 환자들에게는 쑥뜸을 뜨게 하거나, 다 버리고 산 속에 들어가 섭생하며 살라고 권유하시는 아버지였다. 몸의 잃어버린 조화와 균형을 회복하는 가장 근본적인 방법이라고 했다. 실제로 그렇게 해서 병이 낫기도 했는데 어머니에게는 그런 치유법을 쓰지 않으셨다. 어쩌면 아버지는 어머니를 편안한 죽음으로 인도했던 것인지도 모른다.

초등학교 4학년 여름방학 때였다.

　늦은 저녁을 먹고 있는데 달동네에서는 부자 축에 드는 아주머니가 찾아왔다. 비좁은 단칸방이라 밥상에 붙어 앉을 수밖에 없었다. 우리들은 서둘러서 나물반찬이 전부인 저녁상을 물렀다.

　"어디가 편찮으신가요?"

　가구공장에서 돌아온 직후라서 피곤한데도 아버지는 자상한 어조로 물었다.

　"오래 묵은 병입니다. 아기 주머니에 탈이 났지요. 냉이 심하답니다. 가렵고 따끔거리기도 하고요. 병원 약은 항생제뿐인데 그걸 먹으면 눈이 아파서 못 견디겠어요."

어린 내가 듣기에도 좀 민망한 병이었다. 하지만 병은 자랑하랬다고 약초꾼이기도 한 아버지 앞에서 감출 이유가 없었다.

"아마 제법 넓은 텃밭이 있으시죠?"

"이 달동네에서 넓어봤자 손바닥만하지요."

그러면서도 은근히 뽐내는 눈치였다. 마당은커녕 손바닥만한 공터도 없는 우리 셋방에 비할 바가 아니었다.

"거기에 쇠비름이라는 잡초가 날 거요. 할아버지 채송화라고도 하지요. 아참, 아까 우리 저녁밥상에도 올라왔어요. 그거 좋은 약초입니다. 태양의 기운을 먹고 양기가 듬뿍 들었어요."

아버지는 진지하게 말했다.

"그거 우리 밭에도 쌔고 쌨는데? 뽑아도 도로 나고 도로 나고 해서 제초제를 뿌릴 참예요. 웬놈의 망할 놈의 잡초가 햇빛에 말려도 안 죽어요 글쎄."

아주머니는 질린다는 표정을 해 보였다.

"뜰 앞에 약을 두고도 제초제를 쓰다니요. 제초제는 농약 중에서도 제일 고약한 농약이랍니다. 나 편하자고 땅을 오염시키는 그런 맹독성 농약을 쓸 수는 없지요. 더구나 쇠비름은 아주머니의 약입니다. 본래 병이 있는 자리에 약도 함께 있는 법이지요. 뜯어서 생즙으로 마시거나 나물로 데쳐 먹다 보면 좋은 효험을 볼 거요."

"설마요. 아무리 그래도 그렇지."

아주머니는 어이없어했다.

"그게 바로 오행초五行草라는 약촙니다. 잎은 푸르고, 줄기는 붉으며, 꽃은 노랗고, 뿌리는 희며, 씨앗은 까맣지요. 몰라서 잡초지 알고 나면 약초인 겁니다. 산삼 녹용만이 영약이 아닙니다. 병마다 쓰는 약초가 따로 있는 거죠."

아주머니는 쪼르르 달려나갔다. 고맙다는 인사치레도 할 겨를이 없었다. 어쩌면 그깟 잡초 알려준 것에까지 감사할 필요를 못 느꼈는지도 몰랐다. 그게 사람들이었다.

방학을 일주일쯤 남겨두고 그 아주머니가 수박 한 통을 들고 나타났다. 그때 아버지는 일터에 나가고 없었고, 집에는 어머니와 나뿐이었다. 어머니는 약을 달이고 있었고, 나는《호밀밭의 파수꾼》을 읽고 있었다. 방황하는 주인공 홀든이, 왜 센트럴파크 공원의 연못에 있던 오리가 겨울철에는 어디로 날아가는가에 궁금해 하는 것인지, 그것을 궁금해 하던 참이었다.

"참별이 아버지는 참 아까운 사람이구먼."

"왜요?"

"내가 그 잡초로, 아니 같잖아 뵈는 그 약초로 차도를 봤지 뭐예요."

"잘 됐네요."

어머니는 특유의 소박한 웃음을 보였다. 어머니는 평소보다 웃으실 때가 더 환자처럼 보였다. 아마 파리한 얼굴과 밝은 미소가 대조적이어서 더 그렇게 보이는 것 같았다. 그래도 나는 찔레꽃처럼 소박하게 활짝 웃는 당신의 그 웃음이 좋았다.

"수박 한 통 샀어요. 수돗물 통에 담가됐다가 이따 오시거든 썰어 드려요."

"이러시지 않아도 되는데 그랬어요."

"고마운데 입 씻을 수야 없죠."

아주머니는 그날 밤에 당장 텃밭을 뒤졌다고 한다.

"그런데 개똥도 약에 쓰려고 하면 눈에 안 띈다고 오행초가 없는 거예요, 글쎄. 잡초 쇠비름으로 볼 때는 그렇게 흔하던 것이 약초 오행초로 대하는 순간 감쪽같이 없어져 버린 겁니다."

정말 그럴 수 있을까. 같은 사물이라도 쓰임과 이름을 다르게 하면 갑자기 그 수효가 줄거나 늘 수가 있단 말인가.

책을 읽으며 얘기를 흘러듣던 내가 품은 생각이었다.

"그래서 어떻게 구하셨어요? 우리 참별이 아빠에게 부탁하시지 않고요."

"친정이 산골예요. 친정어머니께 부탁해서 한 자루 구했답니다. 그것 참 이상하데요. 참별이 아빠 말마따나 잎은 푸르고, 줄기는 붉으며, 꽃은 노랗고, 뿌리는 희며, 씨앗은 까맣더라구요. 볼수록 신비해 보이는 거예요. 어렸을 적에 발로 밟고 지나가던 그 풀이 말예요. 알 수 없는 일이었어요."

이 아주머니의 감동은 전적으로 아버지로부터 온 것이었다. 모두가 하찮게 여기는 것에 금쪽 같은 의미를 담아주었다. 그게 우리 아버지였다.

"참별이 저애는 학원 한 번 안 다니면서도 그렇게 공부를 잘한다면서요?"

말은 그렇게 하면서도 입술을 삐쭉대고 있었다. 공부 못하는 자기 자식들과 비교되어 샘이 난다는 투였다.

"무슨 공부를 잘하겠어요. 어디 초등학교 때 공부 못하는 아이 있던가요? 그저 책은 없어서 못 읽네요."

어머니는 지나가듯이 말했다. 그 말이 계기였다. 내가 아무 때나 드나들 수 있는 꽤 괜찮은 사설 도서관을 가지게 된 순간이었다.

"우리 집에 보내요. 우리집 양반이 출판사를 하지 않던 가요. 돈을 못 벌어서 그렇지 책이라면 하도 많이 만들어서 쌓아둘 데가 없답니다. 세상에서 책으로 못 담아낼 게 없다 나요? 숫제 책 만드는 귀신에 씌웠어요. 그 양반이 돈만 생기면 책을 만드는 통에 우리집은 달동네를 벗어날 엄두도 못 내지만 말예요."

나는 그날 그길로 아주머니 꽁무니를 따라가서 출판인의 서재에 파묻혔다. 세상의 모든 책들이 그곳에 다 있는 것 같았다. 위인전이며 명작소설, 인문학 서적과 실용서 등 다양한 책들이 날개 접은 천마天馬처럼 공손하게 등을 들이대 보이고 있었다. 자신을 선택해 달라는 몸짓이었다. 내가 그 등을 잡고 날개를 펴면 그 천마는 나를 태우고서 내가 모르는 미지의 세계로 날아갔다. 어딘지 모르면 잠시 내려서 옆에 있던 길라잡이 천마로 갈아탔다. 지식의 지도라고

할 수 있는 이런 저런 이름의 사전들이었다.

　그곳은 천국이었다. 책을 읽고 삼매에 빠져있으면 먹을 것이 날라왔다. 그리 인심이 후한 아주머니가 아닌데도 어린 내가 책에 빠져서 때를 놓치는 것을 두고 볼 수는 없었던지 쟁반에 먹을거리를 담아 디밀어 주었다. 날이 어두워지면 저절로 불이 켜졌고, 어떤 때는 아주 박식한 토론 상대가 마술처럼 나타났다. 바로 서재의 주인인 출판인이었다. 주로 술에 취한 때가 많았지만 그것이 우리들의 토론을 방해할 정도는 아니었다. 그는 좀 신경질적이다 싶은 사람이었는데 번뜩이는 지성으로 무장돼 있었다. 더욱이 열정이 넘쳐 났기 때문에 적당한 알코올 기운은 도리어 열띤 다변을 부추겼다.

　"마르지 않는 옹달샘이나 그늘이 커다란 나무는 종교가 될 수 없나요?"

　세계 4대 종교의 발상지를 순례한 종교사학자의 글을 읽고 내가 던진 질문이었다. 작은 종교도 얼마든지 가능하다고 생각해서였다.

　"독립적이고 완전한 절대자에 대한 믿음을 종교라고 하지. 옹달샘이나 커다란 나무가 절대자일 수 있는지 모르겠구나."

눈이 깊은 출판인은 작고 당돌한 꼬마의 물음을 진지하게 받아냈다.

"상대자에 대한 믿음은 종교가 될 수 없다는 뜻인가요?"

"상대자가 뭔지 알고 묻는 거겠지?"

"의존적이고 불완전한 것이죠."

나는 낱말 실력을 총동원하여 대답했다. 좀 어려운 용어라도 자꾸 입에 담다 보면 입에 붙었고, 다른 낱말을 끌어들이는 이상한 작용을 했다. 말들도 눈에 보이지 않는 어떤 끈 같은 걸로 연결돼 있음을 어렴풋이 짐작했다.

"놀랍다. 종교가 반드시 절대자를 믿어야 하는 건 아니란다. 종교의 원형인 샤머니즘은 얼마든지 포괄적인 믿음을 지녔거든. 신성을 띠는 대자연은 무엇이건 믿음의 대상이 되거든. 물론 그를 통해서 초자연적인 존재와 교섭을 하지만. 초등학교 4학년이 너무 많은 용어를 아는 거 아니니?"

알코올 기운으로 얼굴이 불콰해진 출판인은 친구처럼 동등하게 대하다가도 자꾸 내 나이를 의식했다.

"학교에서 집안의 종교를 조사했어요. 기독교, 불교, 유교, 통일교, 이슬람교, 기타라고 돼 있는 난에 동그라미를 쳐야 했죠."

"그래서 넌 어떻게 했니?"

"기타 옆에 나무라고 쓴 다음 동그라미를 쳤죠. 그랬더니 선생님께서 '장난하지 마!' 라고 꿀밤을 먹이셨어요."

"나라도 그랬을 것 같구나."

"하지만 우리집은 우리들의 나무를 믿는 걸요."

"산을 좋아하고 약초를 아는 집안이니 그럴 수도 있겠구나. 왜 그럴까? 왜 안 되지? 이런 물음은 많을수록 좋지. 특히 성장기의 호기심이란 영혼의 비타민이란다. 넌 뭔가 해낼 게다."

출판인은 하드커버로 된 다이어리를 선물했다.

"기억은 휘발유를 닮아서 금방 날라가 버리기 쉽지. 기록은 오래간다. 훗날에 또 다른 착상을 불러오는 실마리가 되기도 하고."

꼬박꼬박 독서일기를 쓰고 용어들을 정리하라는 말씀도 덧붙였다.

호기심이 영혼의 비타민이라고?

달리 말한 아저씨도 있다.

"호기심은 중력을 이기는 힘이란다."

발명왕 대머리 박사!

내 천국을 가끔 찾아오는 또 한 분의 토론 상대였다. 고목나무처럼 입이 무겁고 행동이 느려터진 초로의 대머리 사내였다. 이유를 알 수 없지만 출판인의 아내는 그를 별로 반기지 않았다. 아주머니는 내게 흉을 봤다. 응달에서 햇빛을 보지 못한 나무 같다고. 처자식을 돈벌이로 내몰고, 자신은 돈 안 되는 공부만 하는 이중성격자라고도 했다.

안주인과의 불화로 박사님은 출입이 자유롭지 못했다. 그래서 잘 해야 한 달에 한 번 정도 볼 수 있었다. 평소에는 줄곧 반 지하방에서 책을 보고 뭔가를 발명한다고 했다.

"어떻게 호기심이 중력을 이기나요?"

나는 믿을 수 없었다. 중력을 이기는 건 헬기의 프로펠러나 새의 날개였다. 빛의 산에 갈 때마다 타곤 했던 자작나무의 백색광이라고 했어도 이의가 없었을 것이다.

"우리 몸은 왜 쉽게 지치고 축 처질까?"

박사님은 뾰로통한 나에게 되물었다.

"중력 때문이라는 말씀이죠?"

"넌 역시 명석한 아이로구나. 이 달동네의 약초야. 몸이 땅에 가까우면 쉬는 것이 된단다. 뛰는 것보다 걷는 게 편하고, 걷는 것보다 서 있는 게 편하지."

"서 있는 것보다 앉는 게 편하고, 앉는 것보다는 눕는 게 편하겠죠."

"눕는 것도 땅 위보다 땅속이 더 편하지. 그래서 죽으면 땅에 묻히는 거란다."

"그것과 호기심은 무슨 관계냐고요?"

"호기심이 많이 발동할 때가 생명력이 가장 왕성할 때지. 종일토록 뛰어놀아도 지칠 줄 모르거든. 하늘을 날겠다는 착상도 호기심 덕분이야."

알 것 같았다. 나는 갑자기 대머리 박사님에 관한 호기심이 발동했다. 그리고 오래지 않아서 그의 행적을 들었다.

그는 고등학교 물리 교사였었다. 우연히 작은 싸움을 말리게 되었다. 물리적인 폭력이 행사되는 것을 물리 교사가 그냥 두고 볼 수가 없었다. 그러다 허리를 크게 다쳤다.

"일 년가량 쉬었단다. 시계추처럼 학교와 집을 오가던 사람이 병실 침대에서 자리보전을 하고 있자니 답답했지. 그런데 막상 허리가 낫고 복직을 하려는데 그게 싫어지지

뮈니. 학교에 돌아가 봤자 기다리는 건 물리를 따분하게 여기는 아이들의 눈빛이었지. 학교에 있을 때는 잘 몰랐는데, 세상 사람들이 교사들을 답답한 사람들로 본다는 사실도 깨달은 뒤였어. 아이들을 가르치는 일보다 이제껏 미뤄 왔던 내 꿈을 실현시키자고 마음먹었단다. 뒤늦게 나를 발견한 거지. 그래서 계속 쉬기로 했단다. 아니 물리학 공부를 본격적으로 시작했어. 대학원도 다니고 말이야. 너무 좋았단다."

덕분에 아파트를 팔았고, 차츰차츰 변두리로 밀려났으며, 그의 아내가 직장을 잡았다. 그래도 방에 처박혀 계속 공부만 했다.

"그렇게 박사님이 되셨군요."

"정확히 말하면 박사과정을 마친 거야. 아직 논문을 못 썼거든. 곧 환갑이니까 더 박차를 가해야 한단다."

대머리 박사과정님은 얇은 입매를 꽉 다물어 보였다. 나는 그가 무척 행복한 사람이라는 생각이 들었다. 내 천국의 안주인이 왜 그렇게 그를 싫어하는지 이해가 되지 않았다.

대머리 박사와 출판인, 그리고 내가 합동토론을 한 적이 있었다. 바로 책을 내는 일에 관해서였다.

"너희 아버지 말이다. 약초에 관한 책을 내보면 어떨까? 아주 골똘한 생각과 재밌는 말을 잘하는 너와 묻고 대답하는 형식으로 말이지. 병 고친 사례들도 들어가면서."

토론 끝에 대머리 박사가 제안한 말이었다.

"그거 썩 좋은 의견인데요? 저도 벌써부터 그 생각을 해왔어요."

출판인이 오른손 엄지손가락을 세워 보였다. 그의 아내 말처럼 책 만드는 귀신에 씌운 사람다웠다.

나는 집에 돌아와 아버지에게 전했고, 조금 주저하던 아버지는 누군가가 도와준다면 그럴 수도 있겠다고 했다.

"그거라면 걱정마라. 대필 작가를 붙여줄 수도 있으니까."

나는 그 출판인을 통해서 세상에 대필 작가라는 희한한 직업이 있다는 걸 그때 처음으로 알았다. 공부를 많이 한 사람만이 책을 쓰는 건 아닌 듯했다. 대필 작가가 도와주면, 그리고 적당한 돈만 있으면 누구나 책을 낼 수도 있다는 거였다. 그렇다면 책을 낸 사람들이 모두가 위대하거나 유식한 게 아니라는 얘기가 된다. 그 숭고한 책에 대해서 처음으로 실망한 순간이었다.

　얼마 뒤, 더 큰 사건이 기다리고 있을 줄은 까맣게 몰랐다. 만일 그 사건이 터지지 않았다면 아마 아버지는 책을 냈을 거였다. 베스트셀러가 되면 유명인사도 되고 돈도 번다고 했다. 돈을 벌면 달동네 꼭대기에서 버스 종점이 있는 낮은 곳으로 내려와 살 수도 있다고 했다. 나는 아버지와 그 산에 동행한다거나 약초 얘기를 할 때마다 수첩에 기록하는 버릇을 들이려고 애썼다. 잘 되지는 않았지만 점차 나아지고 있었다.

5학년 봄, 예기치 못한 사건이 터졌다. 학교에서 체육시간에 달리기를 하다가 그대로 고꾸라져 버렸다. 무릎이 끊어지는 듯한 통증과 함께 마비증세가 찾아온 것이다.

　"관절염입니다. 목발을 짚고 다니며 치료를 받으시죠."

　의사의 소견이었다.

　하늘이 캄캄했다. 쪼그려 앉아서 너무 많은 책을 본 때문일까. 너무 많은 계단을 오르내려서일까. 나는 별의별 추정을 다했다. 그것은 어머니나 아버지도 마찬가지였을 거다. 졸지에 두 환자를 돌봐야 하는 아버지의 충격은 더 컸을 거였다. 하지만 아버지는 의연했다.

　"그 많은 계단을 목발 짚고 오르내리는 일이 큰일이로

구나."

아버지는 전보다 더 열심히 일하셨다. 약초를 캐러 가시곤 하던 휴일에도 다른 일터에 나가는 때가 많았다. 돈이 더 필요했기 때문이다. 하지만 어머니와 내 약이 떨어지게는 하지 않았다. 한 번에 더 많은 약초를 캐오셨고, 그 덕에 산에 가지 않는 날에는 우리가 모르는 일을 찾아 나가셨다. 늦은 밤에 귀가하시는 아버지는 파김치가 돼 있었다.

그 산에서 그렇게 위대하고 커다란 나무처럼 보이던 당신이 이 달동네에서 벗어나려고 몸부림칠 때에는 한없이 초라하고 왜소했다. 그것은 아버지의 깊은 슬픔이었고, 구경꾼일 수밖에 없는 어머니와 나의 안타까움이었다.

나는 여전히 천국을 드나들며 책에 파묻혔다. 또래아이들이나 동네 사람들은 내가 이상한 아이라고 쑥덕거렸다. 장애인이면서도 그늘이 없다고 했다. 그들은 나 같은 처지의 아이에게는 반드시 그늘이 있어야 한다고 우기는 눈치들이었다.

"전보다 중력을 더 많이 느끼지?"

내 천국의 시민인 대머리 박사의 물음이었다.

"그렇긴 해요. 때문에 더 노력하는 거죠."

"네 꿈을 조금만 깎으려무나. 그럼 좀더 쉬울 텐데."

친구로서의 진심 어린 충고였다.

"그럴 수 없어요. 멀쩡하던 다리가 아팠듯 아픈 다리가 멀쩡해질 수 있어요. 아니, 계속 아파도 마찬가지예요. 넘어야 할 고개가 하나 더 늘었다고 해서 좌절하거나 꿈을 깎는다면 참별이가 아닌 걸요."

"필요는 발명의 엔진이지. 목발 말고 네 무릎관절을 대신할 신제품을 발명해야겠구나. 수술하지 않고도 파스처럼 무릎에 붙이기만 하면 되는 그런 신제품 말이다."

발명가의 그 말은 듣기만 해도 중력이 반쯤으로 줄었다.

"가장 작게 만드셔서 아무런 불편이 없게 해 주세요."

"물론이지. 우리의 상상력은 언젠가는 지상에 실현된단다. 과학의 힘으로 육체적 장애를 극복하고, 나아가 정신적 진화도 꾀할 수 있지. 신과학은 영성을 껴안는 방향으로 가고 있거든."

"박사님이 그런 신제품을 발명하신다면 저는 참별이와 박사님의 우정을 기록한 실명소설을 내보겠습니다."

이번에는 출판인이 나섰다. 역시 내 천국의 시민들다운 발상이었다. 발명가는 내 천국 안에서 뒤늦게 발견한 자신의 꿈을 원 없이 누리고 있었다. 세상의 모든 것들은 책의 소재가 될 수 있다고 믿는 출판인 또한 달떠 있었다.

"몽상가들 같으니라고! 그렇게 무엇이든지 잘 만들어낸다는 분이 입으로 말고 무엇 하나 진짜로 만들어 낸 게 있어요? 우리집 양반도 그렇지. 만드는 책은 벽을 뚫고 나갈 지경인데 달동네는 왜 못 벗어난담?"

출판인의 아내가 찐 감자를 들이밀며 비아냥거렸다. 밖에서 우리들의 대화를 엿들었던 듯했다. 어쩌면 그 말은 사실이었다. 물리학 박사이자 발명가가 만들어낸 건 아직까지 하나도 없었다. 하지만 언제고 때만 되면 줄줄이 쏟아져 나올 것만 같았다.

나는 두 분에게 충분한 시간을 줘 봐야 한다고 말하고 싶었지만 침묵했다. 쉽지 않은 무언가에 몰두해 있는 사람에게 당장 성과물을 꺼내놓으라고 닦달할 수는 없었다. 어린이건 나이 많은 사람이건 사람은 누구든지 꿈꿔야 한다고 생각한다. 꿈꾸지 않거나 못하는 이유는 언제나 우리들 주변에 널려 있다. 이런저런 이유를 대며 더 이상 꿈을 꾸지 못하면 날개 부러진 추락한 새라고 믿는다.

나는 이 나이 많고 꿈 많은 이들과 우정을 쌓으며 네 발

보행자의 고충을 잊고 가파른 계단을 올랐다. 결핍은 분명 좋지 않은 것이지만 의식하지 않으면 나쁠 것도 없었다.

"그 사람들 짓이었어! 그 사람들이 우리 참별이 다리를 이렇게 만들었어."

단 한 번도 없었던 아버지의 울부짖음이었다. 그 산에 갔다가 빈 배낭을 메고 돌아온 적도 그날밖에 없었다. 옷이 찢긴 채로 만취해서 귀가한 것도 그날뿐이었다.

"참별이 아빠, 무슨 일이래요?"

"아빠, 왜 그러세요?"

우리들은 애가 탔다. 아버지는 대답 대신 주먹으로 당신의 야윈 가슴을 패댔다. 우리들도 따라서 울었다. 세 식구의 통곡이었다. 그날따라 도시의 달은 왜 그렇게도 가슴 시리게끔 밝고 크던지.

아버지는 며칠 동안 입을 다물었다. 시간이 흘러 그날 그 빛의 산에서 있었던 일을 말해주셨다.

약초를 캐기 전, 점심을 먹으려고 내 나무 아래 옹달샘에 찾아가는 길이었다. 주목은 여전한데 그 속에 뿌리내리고 사는 아들의 나무 마가목 잎이 시들해 보였다. 이상하다 싶어서 바투 다가가 살펴보았다. 구멍 속으로 시선을 집중하고 보니 사달이 나 있었다.

아버지는 휘청거렸다. 참혹했다. 마가목의 뿌리가 전기 톱날에 의해 무참하게 잘려 있었던 것이다. 모두 아홉 가닥의 뿌리 가운데 여섯이나 잘려나가고, 톱날이 닿지 않는 저 깊은 안쪽 세 가닥만이 가까스로 버티고 있었다. 그것도 껍질이 벗겨져 있는 걸로 봐서 자르려다가 못 자르고 만 것이 분명했다.

국립공원관리소.

번뜩 그곳이 떠올랐다. 밥이고 뭐고 아무런 생각이 없었다. 쏜살같이 공원관리소로 뛰어 내려갔다. 사무실로 다짜고짜 쳐들어갔다. 눈에서 불이 번뜩였다.

"누구요! 누가 우리 아들의 다리를 잘랐소!"

" … ?"

직원들이 의자에 앉아서 물음표 형상을 했다.

"누구냐 말이오!"

"무슨 일입니까?"

한 직원이 나서며 물었다. 조난사고라도 난 줄 아는 듯했다.

"주, 주, 주목, 주목 군락지 관리는 누가 하는 거요?"

아버지는 침착한 성품이었지만 그 순간만큼은 말을 더듬고 발을 동동 굴렀다.

"그야 우리들이 합니다만. 무슨 일인데 그러는 겁니까?"

직원은 땀이 비오듯하는 아버지에게 물을 건네며 의자에 앉혔다.

"당신들은 하나만 알고 둘은 모르는 거요?"

아버지는 물을 건네는 직원의 팔을 걷어내며 버럭 소리를 질렀다. 그 사품에 물컵이 바닥에 내팽개쳐졌다.

"이 양반이 지금 뭐하자는 거여!"

직원도 화가 치밀어서 대거리로 맞섰다. 두 사람은 멱살을 움켜쥐고 뒹굴었다. 누군가 신고를 해서 순찰차가 달려왔다. 경찰이 나타나자 아버지는 비로소 이성을 되찾았다.

"그러니까 주목 관리하는 직원이 인부들에게 주목 주변

의 잡목들을 정지작업하라고 시켰고, 그들은 충실히 그 작업을 했다. 그런데 지금 이 사람은 그 주목은 자기 집안이 대를 물려오면서 무려 백 년 동안이나 관리하는 나무라고 주장한다. 주목 안에 빈 속에서 마가목이 자라고 있는데 아홉 가닥의 뿌리 가운데 여섯 가닥을 전기톱으로 잘랐다. 그 때문에 도시에 사는, 자칭 나무 주인인 이 사람의 아들 참 별인가 밤별인가가 무릎 관절염에 걸리게 됐다. 뭐 이런 내용인가요?"

경찰서 조사과로 넘겨져 조서를 꾸미기 직전 경찰이 정리한 내용이었다.

"맞습니다. 내가 살다 살다 별꼴을 다 봅니다. 이 국립공원 안에 자기 가문의 나무가 어딨고, 자기 아들나무 뿌리를 잘랐다고 무릎 관절염에 걸렸다는 말은 또 무슨 망발이랍니까. 또, 주목은 보호수지만 그깟 마가목은 아무것도 아닙니다. 저 미친 사람 말마따나 천 년 주목 안에다 뿌리를 박고 사는 마가목인지 소가목인지가 있다면 당연히 뿌리를 잘라버려야지 왜 내버려둬야 한다는 것인지…. 내 참, 저런 미친놈한테 이런 봉변을 당하다니."

국립공원관리소 직원은 해어진 옷을 추스르며 분을 삭

였다.

"참으세요. 공무원 생활하다 보면 별일이 다 있질 않습니까."

조사하는 경찰도 아버지를 이상한 사람 취급하고 공원 관리소 직원 편을 들었다. 객관적으로 보면 그럴 수밖에 없었던 일인지도 모른다. 하지만 아버지는 억울하고 속이 터져서 정말로 미쳐버릴 지경이었다. 아들의 나무, 내 나무 마가목더러 아무것도 아니라니 기가 막혔다.

"당신들은 커다란 원칙만 세워놓고 그것만 보고 그것만 생색내려 하오. 하지만 세상에는 작고 별 볼일 없는 것들이 지니는 소중한 의미들로 꽉 차 있단 말이오. 그것을 이해할 리가 없으니 내 말뜻을 곡해할밖에. 사소한 것은 버리고 중요한 것만 남겨야 한다면 당신들 같은 말단 공무원들은 왜 필요한가요? 대통령만 남겨 두고 당신들은 다 집으로 돌아가도 되겠구려."

이런 걸 촌철살인이라 했다. 아버지는 중간에 물을 마신 다음, 분명한 어조로 조리 있게 당신의 소론을 펼쳐나갔다.

"… 국립공원은 나라 것이지만 풀 한 포기, 나무 한 그루가 어째서 나라 것이 될 수 있소? 그것들을 키운 건 아무 주인 없는 바람과 비와 햇살이오. 대자연이란 말이오. 또한 그것들은 그들 존재의 의미를 소중히 간직할 줄 아는 사람들의 것이지 어째서 아무런 의미도 모르면서 이같이 폭력을 행사하는 국가 것이란 말이오? 잘린 마가목은 분명 우리 아들 참별이의 나무이며, 그 믿음이 굳건한 이상 나무가 입은 상처 때문에 우리 참별이가 관절에 병이 생겼다는 사실은 누구도 부인할 수 없을 거요."

그 순간 아버지에게는 산령이 깃들었다. 할아버지의 영혼이 들어왔고, 거룩한 대자연의 음성을 대신하고 있었다. 그때 아버지는 분명 부족장이었다. 나무의 신화와 전설을 전하는 빛의 산의 추장이었다.

"그런 나무가 있기는 한 겁니까?"

아버지의 호소력 넘치는 소론에 주눅이 든 경찰이 관리소 직원에게 물었다.

"십여 년을 이 공원관리 말단 직원으로 썩어오고 있습니다만 처음 듣는 소리네요. 그런 나무가 있을 턱이 있겠습니까?"

국립공원관리소 직원은 자신의 신세를 한탄하고 나왔다. 주목을 관리한다며 꼬박꼬박 월급을 챙겨가면서도 주목 한 그루 한 그루를 속속들이 알 리 없는 그였다. 겉만 보고 숫자나 헤아리는 눈으로는 절대, 속 깊은 진실을 볼 수가 없는 법이었다.

"이거 답답하군. 올라가 볼 수도 없고. 나무를 벤 인부들을 불러서 물어볼까요?"

경찰은 뒤꼭지를 긁어댔다.

"그런 나무가 있다고 칩시다. 있으면 뭐가 달라집니까?"

관리소 직원이 경찰에 대고 목소리를 높였다. 답답한 쪽은 자신이라는 기색이었다.

"하긴 그렇군요."

일이 이상한 쪽으로 흘러가고 있었다. 아버지는 더 이상 지켜보고 앉아있을 수가 없었다.

"당장 함께 올라가 봅시다. 한 시간 반이면 올라갈 것이오."

그 말에 경찰과 관리소 직원은 눈길을 마주치며 혀를 내둘렀다. 왕복 세 시간이 걸리는 산행이었다. 둘은 담배를 태우고 오겠다며 함께 나가더니 한참 후에야 돌아왔다.

"이렇게 합시다. 우리가 시간을 갖고 당신 아들 참별이 나무의 뿌리를 벤 인부를 찾아보겠소. 경위를 자세히 물어서 통보해주겠으니 연락처를 남기고 가세요, 그만. 공무로 바쁜 우리가 이런 일로 너무 많은 시간을 허비할 수는 없어요."

경찰이 아버지를 타일렀다. 형식적으로 건네는 말이었다.

"좋소. 이것 한 가지만은 반드시 지켜주시오. 우리 가문의 나무 위치와 모양새를 그려놓고 갈 테니 남은 세 가닥의 뿌리는 절대로 자르지 마시오. 만일 그것마저 자른다면 우리 참별이의 나무는 영영 회생할 수 없을 거요. 그 마가목이 죽기라도 한다면 그날부로 그 엉터리 관리소에 불을 싸질러버리겠소."

아버지는 최강수로 맞섰다. 아버지는 우리들의 나무를 상세하게 그리고 그 아래다 달동네 주소를 적어놓았다.

"휴대전화는 없습니까?"

"없소."

"요즘 세상에 휴대전화기 없는 사람도 있네."

경찰이 신기해 하는 눈치였다. 그 말을 듣고 공원관리소 직원이 잽싸게 끼어들었다. 이 사람 확실히 일낼 사람이라고 본 것이다. 가진 게 없는 사람은 무슨 일이든 할 수 있다? 정말 아버지를 너무 모르는 사람이었다.

"미안하게 됐습니다. 인부를 찾아서 알아보고 다시는 그런 일이 없도록 내가 직접 관리하겠습니다. 이 나무가 어떤 나무인지 알만합니다. 오늘은 늦어서 그렇고 수일 내로 한 번 올라가 봐야겠습니다."

국립공원관리소 직원은 악수를 청해 왔다. 아버지는 인정 많은 사람이었다. 그 손을 매정하게 뿌리칠 사람이 아니었다.

우리 식구들은 큰마음을 먹었다.

림프관 종으로 배가 볼록하게 올라온 어머니와 졸지에 다리가 넷이 돼 버린 내가 아버지와 함께 그 산에 오르기로 한 것이다.

피난민 같은 행색의 우리가 매표소에 모습을 드러냈을 때, 공원관리소 직원들이 달려나왔다. 그들은 입장료도 마다하고 사륜구동차에 우리들을 태워서 네 바퀴 달린 차량이 갈 수 있는 최고 꼭대기까지 데려다 주었다. 일전에 아버지를 화나게 했던 사람들이지만 정말 모르고 한 일이었고, 좋은 사람들이었다.

"몸들도 불편하신데 천천히 다녀오세요. 이따 저녁 때 여기 이 자리에서 대기하고 있겠습니다."

차에서 내리기 전에 관리소 직원이 말했다.

"정말 고맙소. 지난번에 화낸 걸 이해해 주시오."

아버지는 관리소 직원에게 사과했다.

"아닙니다. 나중에 그 나무를 자세히 보고서 많은 생각을 해봤습니다. 그리고 오늘 이렇게 가족들을 뵈니 마음이 아픕니다. 그 나무들은 참별이네 가족의 나무가 돼야 한다고 믿습니다."

그날, 아버지의 몸부림은 거칠었지만 머잖아서 이렇게 관리소 직원을 변화시켜 놓고 있었다.

나는 사륜구동차처럼 네 발로 빛의 산에 올랐고, 지치면 아버지의 등에 업혔다. 그리하여 내 나무를 만났다. 내 나무는 고통이 심해서 한여름인데도 잎을 달지 못하고 있었다. 지난봄에 말의 이빨 같은 새순을 틔워내지 못했노라고 아버지가 얘기해 주셨다. 나는 소리 내어 울부짖었고, 그 광경을 천 년 주목은 물론 하늘다람쥐와 까막딱따구리 부부가 내내 지켜보았다.

"기도하며 기다려보자. 자연은 우리들 생각보다 재생력

이 뛰어나니."

아버지는 나를 위로했다. 나는 왠지 믿음이 갔다.

산을 내려오면서 우리는 찔레 새순을 꺾었다. 녹색의 연한 새순은 가시가 많은 찔레덩굴 그늘에서 죽순처럼 솟아나왔다. 그것을 꺾을 때 느끼는 그 연한 감촉은 세월이 한참 흐른 지금도 손가락에 여전히 묻어 있는 것만 같다. 껍질을 벗겨서 입에 넣으면 달콤하고 향긋한 맛이 가득했다.

"혈액순환을 좋게 하고 살결을 곱게 한단다."

아버지가 또 일러주셨다. 지천으로 피어 있는 싸리나무 꽃도 피부를 좋게 한다고 했다.

마가목의 꽃과 흡사한 꽃이 피는 덧나무도 좋은 약초였다. 접골목接骨木이라고도 불리는 이 약초는 이름처럼 뼈를 강하게 한다고 했다. 잎과 열매 모두 약성이 뛰어나고 관절염에도 효과가 있단다. 결국 내 약이기도 한 것이다. 우리가 무지해서 그렇지, 산 하나에서 구하지 못할 약이 없을 정도였다.

우리는 톱니가 나 있는 접골목의 잎을 땄다. 연근, 홍화씨와 함께 약을 만들어서 내가 먹을 거라 했다. 그래서 더 소중한 잎이었다.

내 나무가 소생한 건 그 다음해였다. 처음에는 잎을 틔워 내더니 이듬해부터는 열매를 달았다. 아버지는 그 열매를 따와서 내게 달여 먹였다. 그 약 말고도 아버지는 빛의 산에서 나는 백 가지 풀로 백초정百草精이라는 발효액을 만들었다. 커다란 단지에 가득 담긴 그 구수한 약을 나는 보리차 마시듯 자주 그리고 오랫동안 먹었다.

아버지는 다른 사람들의 곱절 이상 일했고, 짬을 내서 약초를 캐 날랐다. 하지만 어머니의 병세는 악화되어만 갔다. 나는 불편한 다리를 이끌고 달동네 수백 개의 비좁은 계단을 오르내리며 무섭게 공부에 매달렸다.

그 무렵에 한 누나가 나타났다. 동화나라의 천사처럼 하늘로부터 내려온 것이 아니라, 저 아랫동네로부터 높은 달동네에 올라온 것이다. 누나는 토요일마다 봉사활동을 했다. 하교 길에 내 가방을 들어주고, 집에서 빨래도 해주었으며, 내 공부도 도와주었다. 수고비는커녕 음료수 한 잔도 대접받지 않았다. 그런 걸 받는 순간 봉사가 아니라고 했다.

"오만해지지 않기 위해 너에게로 온단다. 그런데 참별이 넌 나보다 앞서서 그 길을 걷고 있더구나."

머리가 밝으면서도 노력을 게을리 하지 않으면 겸손한 사람이라고 했다.

누나의 부모는 부자라고 했다. 학교가 쉬는 주말마다 친구들과 쇼핑하고 도시의 밤을 즐기는 일상이었다. 남은 학창시절만이라도 그런 생활로부터 벗어나야겠다 싶어서 우리 동네를 찾았다고 했다. 내 천국의 시민들 말을 그대로 옮긴다면, 요즘 보기 드문 젊은이였다.

누나는 한 떨기 옥잠화였다. 오래 전에 아버지가 처음 본 엄마가 참나리였다면, 내가 본 그 누나는 티 하나 없이 하얗고 깨끗한 옥잠화였다. 특히 갸름한 손가락이 활짝 피어나기 전의 옥잠화 통꽃을 꼭 빼닮았다.

그날, 세상이 멈춘 그 순간을 내 천국의 시민들 앞에서 고백했다.

그날은 어머니가 외출하고, 누나와 둘이서 앉은뱅이책상에 마주 앉아서 공부했다. 나는 수학문제를 풀었고, 누나는 책을 읽었다.

"참별아, 막히면 언제고 물으렴."

누나는 아주 편하게 독서에 몰입했다. 내가 묻지 않을 것임을 잘 알았던 것이다. 그때까지 수학은 그리 어려운 과

목이 아니었다. 나는 문제를 풀다가 무심코 누나가 책장 넘기는 소리를 들었다.

쓰르륵 푸릉 — 쓰르륵 푸릉 —

빳빳한 미색지로 된 책장은 이따금씩 탄력 있고 리듬감 있게 넘겨졌다. 청댓잎에 바람 건너가는 소리가 이럴까.

나는 더 이상 귀로만 즐길 수 없어서 가만히 시선을 옮겼다. 누나 모르게 하느라 내심 눈동자 돌아가는 소리를 걱정할 정도였다.

아!

나는 소리 없는 감탄사를 발했다.

흰 자작나무가 유려하게 휘어지고 있었다. 천상의 백조 한 마리가 자작나무를 타고 있었다. 아주 천천히 휘어지고, 마침내 지상에 내리면 반대편으로 날아가서 또 다른 나무를 타고 올랐다. 그때마다 반원을 그리며 쓰르륵 푸릉— 음악소리가 울렸다. 정말이지 그것은 천상의 음악소리였다.

천지간에 자작나무의 반원과 백조뿐이었다. 숨이 멎고, 머릿속이 텅 비었다. 숫자도 생각도 까맣게 지워져버리고, 자작나무를 타는 백조로 꽉 채워졌다. 그리고 백조의 날갯

짓은 어느덧 은빛 향기로 변했다. 그것은 내가 이 세상에 온 이래 맨 처음 경험하는 향기였다. 가슴이 떨리고 눈가에 습기가 어른거렸다. 알 수 없는 동요였다. 그 시간이 얼마였는지 나는 모른다.

"다 풀었냐구?"

누나가 몇 번이나 물었을 때에야 정신이 들었고, 겸연쩍어진 나는 밖으로 뛰쳐나와 버렸다. 누나는 내가 화장실에 가는 줄로 알았을 것이다.

내가 천국의 시민들 앞에서 부끄러움을 무릅쓰고 이런 고백을 하는 까닭은 그 후로도 가끔씩 그런 진공상태에 빠져서이다. 그것은 내 정신의 일식日蝕 같은 현상이었고, 그런 일이 자주 반복되면 공부가 안 될 것 같은 불안감이 들었다.

"그 누나한테서는 정말 비밀스런 향기가 나요."

나도 모르게 볼이 빨개졌다.

"화장품이나 향수 냄새겠지."

출판인이 단정했다.

"아니었어요. 그런 게 아니었어요. 알려지지 않은 깊은 계곡 풀 향기였어요."

"그것은 네 마음의 봄 향기란다."

이번에 나선 것은 발명가였다.

"하지만 그 향기는 그 누나로부터 풍겨왔는걸요?"

"보다 정확히 말하자면 책장을 넘기는 그 누나의 백조 같은 손가락을 발견한 순간, 자작나무의 이미지를 타고 너의 내면으로부터 피어올라 온 향기지. 마음의 화학반응을 생물학적 변화라고도 하지. 넌 지금 우주의 중요한 지역을 지나고 있는 거란다."

"과연 예리하십니다. 박사님은 심리학도 공부하셨군요. 사랑의 찬가를 부르던 젊은 날이 그립네요."

출판인은 내가 쉽게 이해하지 못할 말을 했다. 하지만 그 말뜻을 모른다면 참별이 체면이 안 선다. 내가 수줍어하자, 출판인은 서재의 창을 활짝 열어놓고 무수한 별들을 불러들였다. 가을 하늘의 별들은 빈약했지만 지상의 별밭은 휘황찬란했다. 달동네에서 내려다보는 도시의 야경은 천상의 별들보다 더 멋진 보석들로 빛났다. 우리는 그 별밭을 보면서 별자리 이름을 붙여주었다. 부자들의 동네, 오피스타운, 은하수처럼 도시를 가로지르는 강가에 우리식의 별자리들이 새롭게 빛났다. 이것이 그날 우리가 천국에서 연

작은 파티였다.

"촛불이라도 켰으면 더 좋았을 건데 그랬네요."

박사님이 능청을 떨었다.

"왜 진작 그 생각을 못했던 거죠?"

출판인이 달떠서 읊조렸다. 우리가 천국에서 촛불을 밝히고 파티를 벌이는 동안, 하늘에도 모처럼 페가수스가 네모진 몸통을 드러내며 합석했다.

시절은 지나간다. 나는 가끔씩 독서하면서 자작나무를 타는 백조 누나의 꿈을 꾸었고 말수가 적어졌다. 그렇게 중학생이 되었다. 대학을 졸업한 누나는 남자친구와 함께 다녀간 뒤로 더 이상 달동네에 오지 않았고, 내 가방을 들어주지 않았다. 상심이 자못 컸다. 그렇다고 상처 입은 채 주저앉을 내가 아니었다. 나는 그 비밀스런 향기를 애써 잠재우고 변함없이 공부에 매달렸다.

"참별아, 그간 참 고생이 많았다."

아버지는 퇴근길에 저금통장을 들고 돌아와서 내게 말했다. 그때가 중학교 3학년 봄 학기 때였다. 종점 아래, 학교 앞으로 이사를 가기로 했단다. 우리들은 뛸 듯이 기뻤다. 그 산에서는 그토록 위대했지만, 이 거대도시로 돌아오면 초라하기만 하던 아버지가 두 번째로 거둔 작은 승리였다. 십수 년간의 달동네 꼭대기 생활을 청산하고 전셋집이거니 방 두 개가 딸린 학교 앞으로의 이사야말로 이 도도하고 거드름 피우기 좋아하는 거대도시가 아버지를 재차 인정한 일대사건이었다. 첫 번째는 물어볼 것도 없이 어머니의 담당의사로부터 선생 소리를 듣던 일이었다.

중·고교가 함께 있는 학교 앞으로 이사와서도 아버지는 무섭게 일했다. 그리고 이듬해 고 1때부터 나는 목발을 더 이상 짚지 않아도 되었다. 아버지의 약초가 내 다리를 치유한 것이다.

"마가목이 소생할 때부터 나는 확신했단다. 주목이 마가목의 상처를 보듬어 안고 핥아주었어. 잘린 뿌리 대신 몸통에 뿌리를 내리게 한 거지. 과연 영험 어린 천 년의 나무야."

아버지는 언제나 그랬던 것처럼 자신의 공을 다른 것에 돌렸다. 자연치유라는 얘기였다. 우리는 누구도 그 말을 그대로 믿지 않았다. 명백히 아버지의 피와 땀이 낳은 결과였음에.

어머니의 병은 악화되었다. 빛의 산 약초의 정기도 더는 받아들이지 못하셨다. 아버지는 혼신의 힘을 다해서 어머니를 돌봤다. 고통스러워하는 어머니의 머리맡을 지키며 많은 이야기를 건넸다. 때로는 말씀으로, 때로는 침묵어린 눈빛으로.

　그해 초겨울의 사흘은 눈물겨웠다. 아버지는 한 잠도 주무시지 않았고, 어머니는 병상에 누워 소리 없이 눈물만 흘리셨다.

　어머니는 그 옛날, 신혼 첫날밤에 아버지에게 물어보려 했던 말을 끝내 묻지 못했다. 약초꾼들은 산령과 대화한다는데 그게 사실이냐는 물음이었다. 남루했어도 사랑으로 충만했던 아버지와 함께 살아가면서 굳이 물어야 할 이유가 사라져 버렸다. 영적인 교감이 없는 삶은 몽상조차 못하게 돼 버렸음이다.

두 분은 손을 꼭 잡고 눈을 감았다.

두 그루이면서 한 그루로 살았던 연리지連理枝 나무에 잎이 죄다 떨어지고 물이 내렸다. 바람도 없는데 불이 꺼졌다. 아버지와 어머니는 그렇게 생명의 등불을 껐다. 한날, 한시였다. 이로써 두 분의 약속은 지켜졌다.

어머니의 죽음은 림프관 종이었고, 아버지는 자연사였다. 사람들은 아버지가 어머니의 임종에 맞추기 위해 독초를 우려낸 약물 따위의 어두운 힘을 불러들여서 자살했을지도 모른다고 쑥덕거렸지만 나는 생각을 달리한다. 아버지는 할아버지처럼 이른바 백세百歲 유전자를 지니고 태어나셨지만 채 환갑을 채우지 못하셨다. 하지만 그것은 어디까지나 세상 사람들이 세는 나이로 그렇다는 것일 뿐 우리들의 방식으로는 사정이 다르다. 어차피 세상 사람들은 125세를 살다 가신 할아버지의 나이도 믿지 않으려 했다. 사람들이 믿지 않은 것은 나이뿐만이 아니었다. 우리들의 생각, 우리들의 대화법, 우리들의 세계관 자체를 잘 믿으려 하지 않았다.

아버지는 할아버지만큼 살다 가셨다. 다른 사람보다 악조건 속에서 살아가면서 갑절 이상 애쓰셨고, 갑절 이상의 업적을 남기셨다. 때문에 아버지의 나이는 두 배 이상으로 계산돼야 옳다. 어머니와 내 병을 돌보느라 하루도 잠을 흡족히 주무신 적이 없었고, 드물게 얻는 휴일도 모두 반납했다. 그리하여 그 산에 올라가서 약초를 캤고, 처자식은 물론 이웃들에게 거의 무료로 나눠주셨다. 휴일이지만 산에 가시지 못하는 날, 아버지는 닥치는 대로 막일을 하셨다. 돌아가시고 나서 확인한 것이지만 이삿짐센터 잡역부, 공사장 막일꾼, 심지어는 장례회사 매장 일까지 하셨다. 그리고 당신이 떠나가고 없더라도 내가 대학공부까지 마치게끔 상당한 잔고가 비축된 통장을 만들어놓고 가셨다. 한 회사에서 줄곧 내 나이만큼 일한 퇴직금까지 미리 정산받아 넣어둔 통장이었다.

"얘야, 무식한 아버지가 대자연으로부터 그리고 너희 할아버지로부터 배운 것들을 일러주마. 너의 표현대로 하자면 우주는 공명한다. 그리하여 주체나 장소가 달라도 세상에는 동시에 이뤄지는 일이 많다. 또한 우주는 공존의 논리를 지녔다. 하나를 얻으면 하나를 잃기 마련이다. 무엇을 얻었다고 너무 기뻐하지도 말고, 무엇을 잃었다고 너무 슬퍼하지 마라. 어차피 이 우주 안에 죽음이란 없다. 있다면 단지 변화가 있을 뿐이다. 아들아, 너는 사람들이 좇는 일에 덩달아 미치지 말고 힘이 들더라도 자신만의 신화를 만들어 가라. 그 기준은 네 영혼의 나침반! 돈이나 권력이 가치판단의 기준이 된다면 언젠가 불행한 날이 오고야 만다. 너를 믿기에 이렇게 떠나는 나는 안심이다."

어머니는 다른 말씀을 남기고 가셨다.

"너희 아버지는 빛의 산을 닮았고, 내게로 다가와서는 마침내 내가 기대고 쉴 수 있는 넉넉한 나무 한 그루가 되셨단다. 아들아, 너는 네가 장차 사랑하는 그 사람에게 너의 아버지같이 한 그루의 나무가 되어줄 수 있는 그런 삶을 살아라. 너희 가문과 조상과 자손들은 이 세상에서 가장 훌륭한 가문이며 아름다운 사람들이다. 너와 처음 만나던 순간부터 나는 늘 병약했지만 네가 자라나는 모습을 지켜보는 즐거움은 천상에서도 못 잊을 게다. 더 보살펴 주지 못하고 먼저 떠나서 미안하다는 말은 하고 싶지가 않구

나. 우리는 언제까지나 이별이 있을 수 없는 한몸이니까 말이다."

그랬다. 저 하늘 알 수 없는 별로부터 온 우리들은 이 지상에서 부부 혹은 아버지와 아들, 어머니와 아들 관계로 만나 가난과 병마로 부대꼈지만 결국 우리는 이별 없는 한몸이었다. 어머니는 아버지가 있어 행복했고, 아버지 또한 나와 어머니를 돌볼 수 있어서 행복했다. 그리고 이 사연 많은 세상에 나만 홀로 남겨 두고 가시면서도 불안함 같은 건 없으셨다. 나는 두 분의 삶을 이어 달리는 같은 몸이었다. 그분들 안에서 내가 자랐지만 어느덧 그분들이 내 안에서 살아간다. 그리고 짧은 이별 뒤에 우리는 다시 만날 수 있음을 믿는다.

그렇다고 하더라도 사별하는 마당에 슬픔이 왜 없었으랴. 나는 하늘이 무너지고 땅이 꺼지는 절망과도 같은 슬픔을 맛보았지만 오래 슬퍼할 여유가 없었다. 나는 빛의 산의 영험한 빛을 생각하며 공부했고, 천 년을 사는 우리 가문의 나무와 그 상처 안에 뿌리를 내리고 마침내 소담스런 열매를 맺는 내 나무 마가목을 떠올리며 공부했다.

"사람은 저마다 자기 자신에게 가장 걸맞은 일과 빛나는 자리가 있다. 그 일과 자리를 찾아가는 긴 여정이 인생이란다."

언젠가 아버지가 내게 해주신 말씀이다. 똑같은 말씀을 아버지는 당신의 아버지로부터 들었다고 한다. 그러니까 우리집안의 가훈이나 다름없는 셈이다.

하지만 대부분의 세상 사람들은 다른 사람들이 선호하는 일이나 남들이 이미 빛난 자리를 향해 거의 맹목적으로 치달리며 자신의 삶과 꿈을 불태운다. 다행히 경쟁에서 이겨 그 일을 갖게 되거나 남은 자리를 차지한다면 그럭저럭 성공한 부류에 들겠지만 대다수는 낙오될 수밖에 없고, 스스로 꿈을 깎아가며 점점 낮은 데로 스며들어야만 한다. 열패감을 머금은 채 빛도 없이 소리도 없이.

간단하다. 많은 사람들이 선호하는 일과 자리는 경쟁이 치열하며 승자들은 독식을 즐긴다. 그리하여 세상에 크고 작은 상처를 남긴다.

사람들은 세상을 선과 악, 부자와 가난뱅이, 아름다움과 추함, 교우와 이교도 등 이분법적으로 나누는 것을 즐긴다. 이분법은 악령의 유산이다. 대상을 꼼꼼히 헤아려 볼 수 없을 만큼 정신없이 바쁠 때나, 둘로 쪼개서 그 중 좋은 쪽만 취하려는 얌체들의 경우 그런 악령의 유산을 계승한다. 나이와 관계없이 인생을 진지하게 살다 보면 그런 허깨비에 현혹되지 않고 오롯이 진실을 보게 된다. 정말로 귀한 것들은 선과 악의 융합이나 경계, 가난과 부유함, 아름다움과 추악함, 각기 다른 종파끼리의 조화 속에 담겨 있다는 사실을.

가장 높은 단계에 오르고서도 자기 몫보다 세상 사람들을 먼저 생각하는 사람을 성자라고 부른다. 아쉬운 것은 지금이 성자들의 출현시대가 아니라 물신物神 숭배시대라는 점이다.

내가 살고 있는 거대도시는 말한다.

"너는 소비한다. 그리므로 너는 존재한다."

나의 소비는 정말이지 보잘것없어서 생존을 위한 최소한의 품목, 곧 배고프지 않을 정도의 음식과 몸을 가릴 정도의 옷가지 등 조촐한 생필품에 그친다. 소비가 미덕이라는 세상에, 나만큼도 소비할 수 없는 시민은 거의 없다. 나의 할아버지나 아버지 어머니처럼 하늘나라로 돌아가서 지금은 아예 소비 자체를 전혀 하지 않으면 몰라도.

나는 장차 나무 철학자가 되려 한다. 선생님은 의대나 법대를 지원하라고 했고, 그렇게 한다면 동창회 장학금을 약속해줄 수 있다고 했지만 나는 내 할아버지와 아버지의 후예답게 나무 돌보는 학과를 선택했다. 선생님은 몹시 실망하는 눈치였지만 그것은 전혀 문제가 되지 않았다. 언젠가는, 내 선택이 옳았노라며 등 두드려주실 것이기 때문이다. 반면에 내 천국의 시민들은 처음부터 나의 선택을 존중했다. 그들은 내가 선택한 새로운 길 앞에 기꺼이 꽃잎을 뿌려주었다.

빛의 산의 나무가 어디 우리 가문의 나무뿐이랴. 천 년의 주목이나 마가목, 자작나무 말고도 이름도 볼품도 없는 잡목들이 무수하다. 그들 때문에 우리들의 나무가 더욱 빛나고, 빛의 산은 비로소 산의 형태를 갖추는 것이다. 많은 노력과 시간이 걸리더라도 나는 그런 나무들의 의미를 캐나갈 것이다. 그리고 사람이 나무와 오랜 세월을 함께하면 어느새 그 사람은 나무를 닮고, 나무 또한 그 사람을 닮아갈 수 있다는 우리 가문의 이 전설 같은 이야기를 세상에 전할 터이다.

나의 아버지!

할아버지들이 도학을 열었던 운장산과 마이산의 가르침을 실천하시고 한평생 무욕의 삶을 살아오신 올해 94세의 스승.

나의 친구!

가야산에 태를 묻고 학교도 다니지 않으면서 약초 치료법을 배워, 이 땅 최고의 토종 약초꾼이 된 지리산의 은둔자.

이 두 분이 없었더라면 이 글을 쓸 수 없었다.

서른 즈음에 놀라운 충격으로 만난 태백산의 그 나무는 어느새 내 안의 우주목이 되었다.

2005년 10월 김종록